바야흐로 웹소설의 시대다

바야흐로 웹소설의 시대다

KOREAN WAVE HALLYU

한류총서

바야흐로 웹소설의 시대다

최준란

역락

머리말

바야흐로 웹소설이 주목받는 시대다

코로나19가 시작되던 시기의 일이다. 역락출판사에서 새로운 '한류 콘텐츠'를 소개하는 '한류총서'를 준비 중이라는 소식을 접했다. 당시 떠오르고 있던 '웹소설'을 '한류'의 한 축으로 다뤄 보고 싶다는 생각이 들었다. 드라마와 영화의 원천 콘텐츠로서 웹소설이야말로 한류의 중요한 축을 이루고 있다고 판단했기 때문이다.

2020년을 기점으로 우리는 전혀 예상하지 못했던 '코로나19 시대'를 경험하게 되었다. 갑작스럽게 찾아온 코로나19가 우리 일상을 바꾸었고, 코로나19가 장기화되면서 회사는 재택근무와 온라인으로 모든 업무를 대체하고 있다. 점차 달라진 일상을 보면서 콘텐츠 산업에도 큰 변화가 일었다.

　첫째, 코로나19로 일상어가 된 ‘재택근무’와 새롭게 떠오른 단어 ‘사회적 거리 두기’로 인해 불필요한 외출이 점차 줄어들었다. 그리고 거리 두기 단계를 거치며 사람들과의 만남을 피하려는 노력으로 집에서 보내는 시간이 급격하게 늘면서 온라인의 주고객층이 2030세대에서 4050세대로 연령대가 확대되면서 도서 관련 매출액이 증가했다. 즉 ‘사회적 거리 두기’로 인해 사람들의 ‘집콕’ 생활이 이어지면서 책과의 거리도 가까워졌다고 할 수 있다.

　둘째, 2020년 교보문고 발표에 의하면 처음으로 온라인 서점 매출이 오프라인 서점을 넘어섰다고 한다. 오프라인 서점은 판매가 줄어든 반면에 온라인 판매는 늘었고, 전자책, 오디오북, 웹툰·웹소설 같은 웹콘텐츠 등 다양한 매체의 비대면 독자들이 늘었다. 비대면 시대에 다양한 엔터테인먼트 서비스들이 뚜렷한 성장세를 보이고 있지만, 그중에서도 가장 두드러지는 것은 웹툰과 웹소설이다. 웹과 모바일 환경에 특화되었으며 영역과 장르의 제약이 없다는 장점은 이들이 쉽게 세계적인 시장을 선도하는 위치에 이르게 하였으며 오늘날 다양한 재생산을 통해 고부가가치의 창출이 가능한 상상력의 원천으로 집중적으로 육성되고 있다. 이미 많은 사람들이 알고 있는 드라마 〈김비서가 왜 그럴까〉는 원작이 웹소설이다. 웹소설을 시작으로 웹툰으로 제작되어 카카오페이지에서 제공하면서 더 알려지기 시작했고 급기야는 드라마로 제작되었다.

　이와 같이 하나의 원천 소스 웹콘텐츠에서 다양한 플랫폼을 통한 IP(지식재산권) 확장이 그 어느 때보다 각광받고 있다. 왜 이런 현상이 늘고 있을까? 그리고 앞으로는 어떻게 변화될까? 이 책에는 IP 확장성이 높은 웹소설을 중심으로 최근의 웹소설의 흐름을 이해하고자 한다.
　끝으로, 이 책에 소개된 데이터는 주로 2021년까지의 자료를 바탕으로 하고 있음을 미리 밝히며, 최신 자료를 반영하지 못한 점에 대해 양해를 구하고자 한다. 그럼에도 이 책이 웹소설 연구에 있어 좋은 참고자료가 되기를 기대한다.

2024년 10월에
최준란

제1장

웹소설 탄생의 비밀

1. 웹콘텐츠(웹툰/웹소설)의 현황

웹콘텐츠(웹툰과 웹소설) 시장은 10년 넘게 성장이 지속되어 왔음에도 여전히 순이용자수 및 매출액의 성장세를 보이고 있다. 2019년 기준 웹툰 산업의 매출액 규모는 약 6,400억 원으로 전년도 대비 1,737억 원(37.3%) 증가한 것으로 추정되며[1] 웹소설 시장은 2014년 약 200억 원 규모에서 2018년에는 4,000억 원대로 약 20배 이상 성장했다. 또한 2019년 기준 웹소설은 평균 유통 작품 수 8만 2,322편, 월 평균 1만 45건이 등록되고 있으며, 1일 평균 조회수만 201만 2,200회로 나타나고 있다.[2] 카카오, 네이버와 같은 대규모 플랫폼들은 다양한 해외 플랫폼과의 연계 혹은 인수를 통해 해외 시장 확대를 노리고 있기에 꾸준한 성장세를 기대할 수 있을 것으로 보인다.

웹툰과 웹소설이 2차 재생산의 가능성이 무궁무진한 IP라는 점도 우리가 주목해야 하는 이유다. 지식재산기본법 제3조에 따르면 지식재산(Intellectual Property)이란 "인간의 창조적 활동 또는

1 　김태영, 「2020 웹툰 사업체 실태조사」, 한국콘텐츠진흥원, 2020.
2 　이정열, 「웹소설 산업 활성화를 위한 정책 연구」, 한국콘텐츠진흥원, 2020.

경험 등에 의하여 창출되거나 발견된 지식·정보·기술·사상이나 감정의 표현, 영업이나 물건의 표시, 생물의 품종이나 유전자원, 그 밖의 무형적인 것으로서 재산적 가치가 실현될 수 있는 것"으로 정의된다. 다시 말해 인간의 창조적 활동 중에서도 재산적 가치가 될 수 있는 것을 의미한다. 이러한 의미에서 파생된 콘텐츠 지식재산은 기술 환경의 변화에 따라 좀 더 유연한 정의를 갖게 되는데, 오리지널 콘텐츠를 기반으로 하여 다양한 플랫폼과 관련 사업에 활용될 수 있는 가능성을 가진 일련의 콘텐츠 지식재산권 묶음을 가리킨다. 하나의 콘텐츠를 변형하고, 수정하고, 가공하여 다양한 플랫폼에서 2차적으로 활용되는 현상을 모두 지칭하게 된 것이다. 웹툰과 웹소설의 콘텐츠 IP를 기반으로 하여 다양한 장르의 매체로 부가사업을 확장해 나가는 것이 본 연구에서 다룰 IP 사업이다. 최근 OTT 서비스를 비롯해 영상 콘텐츠를 유통하는 플랫폼이 늘어나면서 중요해진 것은 바로 오리지널 콘텐츠다. 이처럼 변화하는 환경 속에서 웹툰과 웹소설의 IP 사업은 다수의 성공사례와 함께 급격히 성장하였고 현재의 콘텐츠 시장을 주도하고 있다고 해도 과언이 아니다. 앞으로 한국의 콘텐츠 산업의 주축이 될 웹툰과 웹소설의 역사와 IP 확장사례 등을 상세히 분석하여 한국의 IP 사업의 현주소를 알아보고자 한다.

웹툰과 웹소설 IP 사업은 비교적 짧은 시간 내에 폭발적인 성장세를 보여주었다. 본래 비주류의 영역이었던 웹툰은 2003년, 다음(DAUM)의 첫 런칭 이후 양대 포털이 본격적으로 웹툰 서비스를 강화하기 시작한 이후 큰 수익을 내기 시작했다. 웹소설은 2013년 1월 네이버가 서비스를 시작하고 나서야 용어의 상용화, 대중화가 이루어졌기에 오늘날의 위치에 이르기까지의 시기가 훨씬 짧은 편이다.

하지만 폭발적으로 증가하는 수요를 만족시키기 위한 무분별한 공급은 결국 질적 저하 및 산업의 가장 본질적인 기반이라 할 수 있는 저작권 보호 장치 부재 등의 결과를 가져오기도 했다. 최근 글로벌 동향을 보면, 이러한 IP를 활용한 다양한 콘텐츠들을 중심으로 문화산업에서의 경쟁이 점점 치열하게 진행되고 있음을 알 수 있다. 세계시장에서 한국의 IP가 빠르게 자리잡고 성장을 하기 위해서는 한국의 웹툰과 웹소설 IP 사업의 현황을 살펴보고 그동안 간과되었던 여러가지 문제들을 파악하려는 노력이 필요한 실정이다. 콘텐츠 산업 매출의 많은 부분을 차지하는 만큼 K- 콘텐츠 시대의 핵심 원천인 웹툰과 웹소설 IP 사업의 성장의 원인과 배경을 분석하고, 나아가 앞으로 해결해야 할 주요한 문제는 어떤 것인지 집중적으로 살펴보기로 한다. 이를 통해 향후 콘텐츠 IP의 산업적 가치를 인식하고 지속가능한 활성화 방안을 모색할 수 있을 것이라 본다.

2. 웹툰의 탄생

웹툰(Webtoon)은 종이에 인쇄되어 유통 및 판매되던 만화가 디지털 매체 환경으로의 급격한 진행 속에서 기존과는 상이한 형식으로 변화하여 등장한, 모바일에 최적화된 세로 스크롤 방식이 적용된 새로운 형태의 만화다. 웹툰의 역사는 크게 3가지 큰 변화와 특징을 기준으로 0세대~3세대로 구분할 수 있다.

0세대의 웹툰은 디지털 만화 형식을 주로 지칭한다고 할 수 있다. 컴퓨터의 성능 향상, 이미지 편집 소프트웨어의 활용 증대, 네트워크의 대역폭 증가 등 기술적 발전과 함께 디지털 형식의 만화를 활용한 수익 창출 시도가 이루어져 왔는데, 뷰어를 활용하여 인쇄만화의 펼침면 방식을 재현하면서 가로 넘기기 구독 포맷방식으로 주로 서비스되었다. 대부분의 0세대 디지털 만화는 자동 넘김과 초당 넘김 등의 아주 단순한 기능만을 지닌 것이 특징이다. 1990년대 후반~2000년대 초반에 걸쳐 플래시 애니메이션 서비스, 만화 웹진 서비스 등으로 구체화되었으나 대부분 성공적이지 못했다.

1세대 웹툰이 바로 스크롤 웹툰의 효시다. 온라인 플랫폼에 맞도록 기획부터 서비스까지 디지털화한 지금의 가장 일반적인 웹툰 형식으로, 스크롤을 내리면서 만화를 감상할 수 있는 기존 출판만화와 다른 세로 형식의 연출방식이 등장한 것이 바로 이때다. MS-DOS에서 윈도우(window)로 컴퓨터의 기본 OS가 변화하고 온라인 매체가 통신 시장에서 인터넷 익스플로러 시장으로 전환되면서, 개인 홈페이지 제작이 활발해졌고 만화를 그릴 수 있는 사람들이 홈페이지에 자신의 작품을 게시하면서 초기 웹툰이 등장했다. 초기 웹툰들은 주로 개인적 경험, 일상 속에서 느끼는 정서 등을 주제로 삼고 있으며 이를 간단한 그림을 곁들인 에피소드 형식으로 구체화했다.[3] 1세대를 대표하는 작품으로는 〈스노우캣의 혼자놀기〉, 〈파페포포 메모리즈〉 등을 예시로 들 수 있다.

다음이 2003년 웹툰 서비스를 런칭한 이후 네이버(naver), 네이트(nate), 야후(yahoo), 엠파스(empas), 파란(paran) 등 인터넷 포털사들이 자신의 포털 사이트에서 제공 가능한 콘텐츠의 하나로 웹툰에 주목하고 사업화하기 시작하면서 현대적 의미의 웹툰들

---

3   송요셉, 「웹툰의 현황 및 특성과 웹툰 기반의 OSMU 활성화 방안」, 한국콘텐츠진흥원, 2012.

이 나타나기 시작했다. 웹툰의 영향력이 본격화되기 시작한 것은 2004년 강풀의 〈순정만화〉의 연재 이후다. 최초의 장편 서사형인 〈순정만화〉는 에피소드 형식이 아닌 서사가 있는 장편 웹툰으로 만화 내에서의 영화적 기법 실험 등으로 인해 인터넷 만화의 새로운 형식을 보여주어 작가와 작품 모두가 큰 화제를 모았다. 다양한 재가공으로 인해 웹툰의 원천 콘텐츠로서의 가능성을 보여줌과 동시에 스크롤 방식이라는 전통적 만화와는 다른 실험적 독서 형식이 확립되는 계기가 되었다.

2세대 웹툰은 1세대 웹툰에 특수효과와 사운드가 추가된 형태를 지칭한다. 네이버에서 특별 기획된 호랑 작가의 〈봉천동 귀신〉, 〈옥수역 귀신〉 등의 작품이 화제를 모으며 이후 대부분의 웹툰들에 특수효과가 첨가되었다고 할 수 있다. 오늘날은 웹툰 내의 사물을 그릴 때 3D 효과만이 아니라 360도의 입체요소를 모두 재현하여, 보이지 않는 뒷면까지 표현되는 3차원 모델링 소프트웨어를 활용하여 입체적인 그림의 배치가 가능하게 하고 있다. 이용자의 시선에 따라 특정 영상 및 사운드가 나타나도록 프로그래밍된 컷은 극적 효과를 배가시켜 몰입도를 높이는 데 주요한 역할을 하고 있다.

[그림1] 〈순정만화〉 표지 / 〈순정만화〉 영화 포스터 / 〈순정만화〉 ost

    마지막으로 3세대 웹툰은 모바일 최적화의 어플리케이션 형태다. 인터넷에서 볼 수 있는 웹툰을 어플리케이션을 통해 감상하는 것을 기본으로 스크롤 형식과 터치 형식을 같이 감상할 수 있는 것이 주요 특징이다. 카카오페이지, 올레웹툰, T-스토어, 레진코믹스, 라인웹툰, 다음카카오 웹툰 등 어플리케이션을 통해 출시된 콘텐츠들은 스마트 디바이스 환경에 맞춰 웹서비스에 비해 작은 화면크기에도 불편함 없이 작품을 감상할 수 있도록 새로운 편집방식을 취했다.[4] 이러한 모바일 플랫폼의 활성화는 휴대성과 접근성이라는 웹툰의 장점과 어우러져 웹툰의 생태계를 구축하는 데 큰 영향을 미쳤다. 이후 2012년에 네이버 웹툰과 다

---

4   한창완, 「웹툰 산업 현황 및 실태조사」, 한국콘텐츠진흥원, 2015.

음 웹툰에서 미리보기나 완결작 유료화 같은 수익 모델이 개발되고, 2013년 이후 유료 웹툰 플랫폼이 등장한다. 웹툰 이용자의 증가가 본격적인 수익으로 전환되기 시작한 것이다. 마침내, 웹툰 수익모델은 콘텐츠 유료화와 광고 모델 확대와 함께 웹툰 IP 사업의 시작을 알리게 되었다.[5]

3. 웹소설의 탄생

웹소설은 문자 그대로 웹(Web)과 소설(Novel)이라는 용어가 합쳐진 것이다. 웹 및 모바일 플랫폼을 이용해 연재되는 소설들을 말하며, 무협, 판타지, 로맨스 등 장르소설 위주로 시장이 형성되어 있다. 웹소설은 1편에 3~5분 정도의 짧은 시간 내에 읽을 수 있는 분량으로 소설이 분절되어 판매되는 방식으로, 현대인의 필수품인 스마트폰에 최적화된 형태의 콘텐츠라고 할 수 있다.

1) PC통신문학

한국 웹소설의 현주소를 이해하기 위해서는 PC통신 시대부

---

5   한국콘텐츠진흥원 정책본부, 「2020만화산업백서」, 한국콘텐츠진흥원, 2020.

터 살펴볼 필요가 있다. 1990년대 PC통신망을 기반으로 창작·유통·소비되었던 문학을 'PC통신문학'이라고 한다. 이때부터 한국에 온라인 소설이 태동되었다고 볼 수 있다. 초기에는 대개 무명의 아마추어 작가에 의해 PC통신망의 동호회 게시판에 연재물 형식으로 게재되던 글들이 점차 장르의 다양화와 함께 독특한 문학의 형태로 자리잡았고 몇몇 유명한 작품들이 출판되거나 드라마로 제작되어 유명세를 타기도 했다. 이성수의 〈아틀란티스의 광시곡〉이 최초의 온라인 소설로 꼽힌다.

그 후 1992년 하이텔, 1994년 나우누리, 1996년 유니텔이 각각 PC통신 서비스를 시작했고, 전용 게시판이 형성되며 새로운 문학 형식은 인지도를 넓혀갔다. 문학 전반으로 확대된 PC통신문학은 신인들의 등단 통로이자 기성문학 작가들이 새로운 가능성을 발견할 수 있는 창구였다. 이중에서도 전통 문단에서 인정받는 기성작가들의 활동은 통신문학의 대중화에 큰 기여를 하였고 장르를 확장시키는 역할을 했다. 1990년대 중반부터는 천리안의 '컴퓨터 문단'이나 하이텔의 '하이텔문학관'이 각각 특색 있는 운영을 내세우면서 PC통신문학의 발달에 결정적인 기여를 했다.

PC통신문학에서 가장 화제가 되었던 작품은 이우혁의 〈퇴마록〉이다. 초자연적인 존재들과 싸우는 퇴마사들의 활동을 다룬 이 작품은 1993년 하이텔에서 처음으로 선보여 인기를 끈 후 1994년부터 2001년까지 한국편, 세계편, 혼세편, 말세편, 해설집 등 총 20권으로 출간되었다. 그 인기에 힘입어 게임, 애니메이션, 영화로도 만들어지기도 했다.

하지만 PC통신은 과도기적인 형태의 통신 서비스로서, 지속성과 연속성이 부족한 매체였으며 동시에 기존 소설 창작의 관습을 답습한 채 PC통신문학이라는 온라인 창구로 개체 창구만 바뀐 형태였다. 그후 10년이 채 안 되어 막을 내렸으며 PC통신문학도 점차 세력을 잃고 사라졌다.

2) 인터넷 소설

PC통신문학 종결의 가장 큰 계기는 월드와이드웹(WWW)의 대중적인 확산이다. 월드와이드웹 체계가 보편화되면서 인터넷이 급속도로 성장한 시기에 현재의 웹소설 전신으로 볼 수 있는 인터넷 소설 혹은 '인소' 라고 불리는 새로운 온라인 기반의 소설 양식이 등장했다.

사이버 소설로도 불리는 인터넷 소설은 1990년대 말부터 2000년대 중반까지 웹에서 연재한 소설을 일컫는다. SF와 판타지가 대세였던 PC통신문학시대와는 달리, 인터넷 소설에서는 하이틴 로맨스 장르가 급부상했다. 이에 따라 독자층도 낮아져

주로 10대 여성들이 로맨스 장르의 두터운 독자층을 형성하였다. 현재의 웹소설 시대의 초석을 마련한 인터넷 소설은 크게 3가지의 변화를 가져왔다.

첫 번째는 소설을 읽고 쓰는 방식의 눈에 띄는 변화였다. 작가들은 블로그나 홈페이지에 자신의 소설을 연재하고, 독자는 컴퓨터 모니터 앞에서 마우스를 내려가며 소설을 읽는다. 또한 10~20대의 젊은 작가들은 작가이자 동시에 독자이기도 한 특성을 지니고 있었는데 이는 창작과 소비가 긴밀히 연관되는 결과를 낳았고 인터넷이 대화와 커뮤니케이션의 공간으로 인식되는 데 많은 영향을 미쳤다. 두 번째는 창작자의 진입장벽이 낮아졌다는 점이다. PC통신문학시대에 몇몇 작품들을 통해 작품성과 대중성을 동시에 경험한 출판사들이 소설 출간의 문턱을 낮추면서, 인터넷에 연재하는 판타지 소설들의 출판화가 용이해졌다. SF 판타지 소설뿐만 아니라 10대에게 로맨스 장르가 각광을 받으면서 수많은 인소들이 책으로 출간되었다. 마지막으로 인터넷 유료 연재가 시작되면서 현재의 웹소설 수익구조의 형태를 마련하였다는 점이다. 당시 대중들에게는 인터넷 콘텐츠는 공짜라는 인식이 팽배해 있었다. 때문에 불법 공유를 통한 유통이 당연시되었고 인터넷 소설을 통한 수익은 주로 출판에 의존하는 형태였다. 최초의 유료연재를 시도한 플랫폼은 조아라다. 당시 기존 사이트 이용자들의 반발이 심했지만, 편당 결제라는 확실한 수익 모델을 빠르게 정착시킬 수 있었던 것은 조아라가 처음부터 정액제이긴 하지만 유료로 시작했기 때문이라 할 수 있다.

이처럼 인터넷 소설이라는 새로운 장르는 출판시장의 변화만이 아니라 콘텐츠 산업의 성장을 이끄는 역할을 하며 적지 않은 영향을 미쳤다. 이러한 인터넷 소설 시대를 대표하는 작가는 바로 '귀여니'다. 대표작인 〈그놈은 멋있었다〉, 〈늑대의 유혹〉은 출간 이후 각 80만 부, 300만 부나 팔리며 엄청난 열풍을 일으켰으며 영화로 제작되기도 했다.[6] '귀여니'라는 아마추어 작가가 소설을 통해 보여주었던 신세대적 감성은 새로운 문학 주체로서의 그 가능성을 나타냈을 뿐 아니라, 그것을 확인할 수 있는 공간으로서 인터넷 소설에 대한 대중 문학적 평가를 이끌어냈다.

3) 웹소설

웹소설이라는 용어가 상용화되기 시작한 것은 2013년 1월 네이버가 '네이버 웹소설' 서비스를 시작하면서부터다. 웹소설이 웹툰이나 웹드라마와 같은 웹콘텐츠의 하위 유형으로 분류되기 시작했는데 그전까지 웹소설은 인터넷 소설(혹은 사이버 소설)로

---

6   이정열, 「웹소설 산업 활성화를 위한 정책 연구」, 한국콘텐츠진흥원, 2020.

불렸다. 초반에 웹소설은 다양한 포털 사업자들이 자사의 트래픽을 유인하는 콘텐츠로만 이용되었다. 하지만 스마트폰의 보급이 대중화되며 이를 통한 소비가 폭발적으로 증가하였고, 호흡이 짧고 빠른 전개라는 스마트폰에 최적화된 콘텐츠로서의 특징을 가지고 있는 웹소설은 전자책 시장 내에서의 점유율을 빠르게 늘려갔다.

이후 네이버, 카카오페이지, 조아라, 문피아 등이 웹소설을 체계적으로 유통함과 동시에 모바일 서비스를 중심으로 하는 전문 플랫폼을 오픈하며 유료 연재서비스 모델이 완전히 안착되었고 웹소설은 하나의 비즈니스 영역으로 자리를 잡았다. 웹소설 시장이 크게 관심을 받기 시작한 것은 드라마화와 같이 웹소설 IP의 확장 가능성이 확인되었기 때문이다. 그중 주요했던 사례 중 하나는 2016년 KBS2 드라마로 방영된 〈구르미 그린 달빛〉이다. 최고 시청률 23.3%를 달성했고, 윤이수 작가의 동명의 웹소설은 누적 조회수가 5,000만 건을 넘었다. 이처럼 드라마만이 아니라 영화, 웹툰, 게임, 애니메이션 등으로 재생산된 콘텐츠가 자유롭게 유통되어 광범위하게 대중들의 이목의 시선을 끌 수 있게 된 형태가 되면서 웹소설 IP 사업은 막대한 산업적 가치를 생산하

게 되었다.[7]

4. 웹툰의 IP 확장

웹툰 중에서도 IP의 적극적인 활용을 보여줌과 동시에 성공적인 재생산이 이루어진 작품으로 가장 좋은 예시는 주호민 작가의 〈신과 함께〉이다. 네이버에서 2010년 1월부터 2012년 8월까지 연재한 작품이다. 작품성과 대중성을 인정받아서 2017년 6월 14일부터 2019년 1월 17일까지 재연재를 하기도 하였다. 저승편·이승편·신화편으로 총 3부작으로 이루어져 있으며 2010년부터 2012년까지 독자만화대상 온라인 만화상·부천만화대상 우수이야기만화상·대한민국 콘텐츠 어워드 대통령상·독자만화대상을 수상하였으며, 한국만화 명작 100선에 선정되기도 했다. 〈신과 함께〉는 한국 전통문화인 서사무가의 내용을 토대로 현대적으로 재창조하여 만들어진 한국 문화원형을 잘 수용하고 있는 작품이라고 볼 수 있다.[8] 이처럼 전통신화를 바탕으

---

7   장민지, 「IP 비즈니스 기반의 웹소설 활성화방안」, 한국콘텐츠진흥원, 2018.

8   최수영, 「웹툰 IP를 활용한 매체 전환 사례: 〈신과 함께〉를 중심으로」, 한국디지털콘텐츠학회, 2021.

[그림2] 〈신과 함께 죄와 벌〉 포스터 / 〈신과 함께 인과 연〉 포스터

로 한 방대한 세계관과 개성 있는 캐릭터들은 〈신과 함께〉의 다 방면으로의 이용이 가능하게 했다. 원작의 시나리오를 그대로 살린 모바일 RPG 게임 〈신과 함께 with NAVER WEBTOON〉이 2017년 발매되었고, 영화로는 2017년 기준 총 2부작으로 구성되어 만들어졌다. 〈죄와 벌〉은 저승 편의 이야기를 다루었으며, 〈인과 연〉은 이승편과 신화편의 '차사전'의 이야기를 다루고 있다. 두 편 모두 1,000만을 넘어 역대 최초로 '쌍천만 관객'을 동원한 성공한 작품이다. 이외에도 라디오, 서울 예술단의 창작 가무극, 심지어는 전통 신화와 관련된 다양한 체험을 병행한 박물관과 전시회로의 매체 전환이 일어났으며, 흥행에 성공하며 웹툰의 IP 활용에 대한 관심이 더욱 증가하였다고 할 수 있다.

5. 웹소설의 IP 확장

웹소설 IP는 웹툰 IP에 비해 활용사례가 적으며 하나의 IP를 다방면으로 재생산한 사례 또한 부족하지만, 때문에 여전히 큰 잠재력을 지니고 있다고 할 수 있다. 웹소설 IP의 가능성을 보여준 예시 중 하나는 남희성 작가의 〈달빛 조각사〉다. 2007년 로크미디어에서 연재가 시작된 이후 2014년 3월 기준 단행본으로 100만 권 이상 팔렸다. 2013년부터는 카카오페이지에서도 연재를 시작해 월 최대 매출 약 1억 원을 올린 게임 판타지 장르 웹소설 중 최고의 베스트셀러 작품 중 하나이다. 2015년부터 카카오페이지에서 웹툰으로 연재 중이며 2019년 MMORPG(다중접속역할수행게임)로 제작되기도 했다. 출시 전부터 320만 명이라는 카카오게임 역대 최다 사전 예약자 수를 기록하였으며 첫 달인 2019년 10월 한 달 만에 약 93억 원의 매출을 달성했다.[9] 이후 미국과 일본을 포함한 150여 개의 국가에 정식 출시하며 글로벌 시장으로의 진출에 성공했다. 특히 달빛조각사는 웹소설 IP의 음악으로의 확장으로 이어졌다는 데 의의가 있다. 드라마나 영화 등 영상 콘텐츠의 OST는 흔히 접할 수 있지만, 높은 인기를

---

9   김휘권(2019.11) 달빛 조각사, 지난 달 매출 약 93억 원 기록,
     https://www.asiatoday.co.kr/view.php?key=20191126001734055

끄는 웹소설 콘텐츠에서는 이를 쉽게 볼 수 없었다는 점에서 이러한 재생산은 웹콘텐츠 IP의 무한한 가능성을 확인할 수 있었던 새로운 시도라고 볼 수 있다.

6. 나오며

가장 먼저 웹툰과 웹소설의 정의와 역사적 발전과정, 원천 IP로 주목받게 된 원인에 대해 대표적인 사례 등을 통해 구체적으로 알아보았다. 웹툰은 만화책이 단순히 컴퓨터로 옮겨간 디지털 만화 형식에서 온라인 매체에 적합한 스크롤 웹툰을 거쳐 특수효과와 사운드가 추가되었고 모바일 어플리케이션으로의 플랫폼 이동이 이루어지며 유료화 수익모델을 갖춘 오늘날의 형태에 이르렀다. 웹소설의 경우는 PC통신 시절부터 존재하였던 장르문학에서 발전하여 마찬가지로 모바일의 플랫폼 이동이 이루어지며 새로운 문법과 형식이 자리잡았고 유료 연재 서비스 모델이 안착되며 비즈니스 영역으로 자리잡았다. 2차 재생산의 가능성이 무궁무진하다는 점, 모바일 온리 시대의 최적화 콘텐츠라는 웹툰과 웹소설만의 독보적인 장점은 IP 사업의 빠른 성장이 가능하게 하였으며, 이는 네이버와 카카오 등의 거대 플랫폼들이 경쟁적으로 합병, 인수를 하며 IP 시장에서 치열하게 부딪히게 된 주요 원인이기도 하다.

사업적인 측면에서 스몰 콘텐츠인 웹툰과 웹소설은 상대적으로 투입 비용이 적게 들며 독자들과의 소통을 통해 IP 검증이 가능한 안전한 투자 대상이다. 또한 노블 코믹스의 사례와 같이 확장된 IP의 인기는 다시 원작 혹은 다른 매체에서 제작된 작품에의 관심으로 환원되어 추가적인 수익 창출이 가능한 선순환적 효과가 있기도 하다. 특히 작가로서의 진입장벽이 매우 낮고 자유로운 작품 형식으로 인해 존재하는 다양한 창작자군은 폭넓은 연령대의 독자들을 티케팅하는 것이 가능하게 한다는 점도 매우 매력적인 요소다. 시대의 변화에 따라 독자들은 짧은 시간동안 즐길 수 있는 콘텐츠를 선호하게 되었고, 이는 웹툰과 웹소설이 앞으로도 새로운 이용자들을 끌어들이며 그 영향력을 공고히 해나갈 것임을 의미한다. 관련 IP 사업이 앞으로 한국 콘텐츠 시장을 이끄는 주축이 될 것이다.

참고문헌

김숙·장민지, 「스몰 콘텐츠 웹소설의 빅 플랫폼 전략」, 한국콘텐츠진흥원, 2016.

김태영, 「2020 웹툰 사업체 실태조사」, 한국콘텐츠진흥원, 2020.

백경현, 「웹소설 산업현황 및 실태조사」, 한국출판문화산업진흥원, 2017.

송요섭, 「웹툰의 현황 및 특성과 웹툰 기반의 OSMU 활성화 방안」, 한국콘텐츠
　　　진흥원, 2012.

이정열, 「웹소설 산업 활성화를 위한 정책 연구」, 한국콘텐츠진흥원, 2020.

장민지, 「IP 비즈니스 기반의 웹소설 활성화방안」, 한국콘텐츠진흥원, 2018.

최수영, 「웹툰 IP를 활용한 매체 전환 사례: 〈신과 함께〉를 중심으로」, 한국디지
　　　털콘텐츠학회, 2021.

한국콘텐츠진흥원 정책본부, 「2020만화산업백서」, 한국콘텐츠진흥원, 2020.

한창완, 「웹툰 산업 현황 및 실태조사」, 한국콘텐츠진흥원, 2015.

제2장

코로나19가 가져온
웹콘텐츠 세상

1. 웹콘텐츠 플랫폼의 변화

2020년 코로나19 사태가 시작된 이후로 세상이 달라졌다. 2020년 1월이 떠오른다. 영화 〈작은 아씨들〉 개봉과 함께 책이 눈에 띄면서 『작은 아씨들』 책이 팔렸다. 얼마 안 있어 재택근무가 실시되면서 제일 먼저 한 일은 '넷플릭스' 가입이었다. 소설(책)이 영화화되면 영화의 흥행 실적과는 상관없이 책은 또 이슈가 된다.

출판과 가까운 플랫폼으로 제일 먼저 떠오르는 플랫폼은 넷플릭스가 아닐까 한다. 전자공시시스템의 자료에 의하면 넷플릭스의 매출액은 2019년 1,859억 원에서 2020년 4,154억 원으로 전년 대비 매출이 2배를 넘어 한국시장 OTT 플랫폼 중에서는 단연 1위였다. 그런데 불과 1년 만에 다른 소식이 들려왔다. 2021년 상반기 자료에 의하면, 2020년 코로나19 시대에 급성장한 넷플릭스·디즈니+ 등 스트리밍 서비스의 성장이 둔화되고 있다는 것이다.

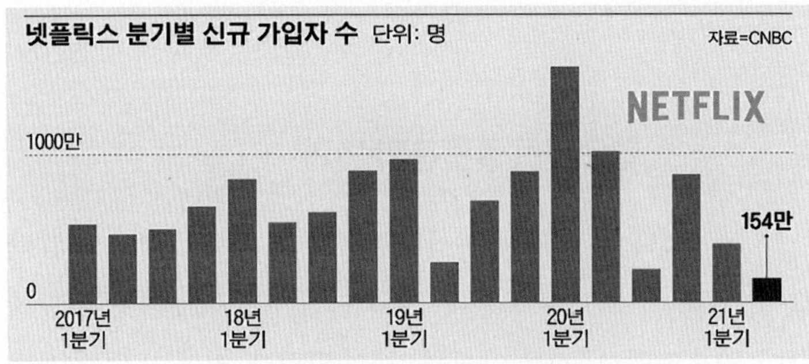

[그림1] 넷플릭스 분기별 신규 가입자 수(자료제공:CNBC)

CNBC의 자료에 의하면 넷플릭스는 2021년 2분기 매출액이 1년 전보다 19% 증가한 73억 4,178만 달러(8조 4,000억 원)를 기록했고, 순이익은 1년 전보다 88% 증가한 13억 5,301만 달러(1조 5,500억 원)를 거둬 전반적으로 무난한 성적이다. 2분기 전 세계 신규 가입자도 154만 명이었다. 전반적인 성적은 나쁘지 않지만 근본 경쟁력이 약화하는 조짐이 보이고 있다는 분석이다. 또한 월스트리트는 2021년 3분기 넷플릭스 순가입자가 546만 명 수준이 될 것으로 예상했지만, 넷플릭스는 "3분기 순가입자 규모는 350만 명 수준일 것으로 예상한다"고 밝혔다. 시장 예상보다 성장세가 둔화되었다는 것을 인정한 것이다.

한국의 왓챠 플랫폼도 점차 구독자 수가 늘고 있다. 2021년 '부천 판타스틱 영화제'와 왓챠가 부천영화제 상영작들을 단독으로 스트리밍 서비스하도록 협약을 맺었다. '왓챠가 주목한 장편' '왓챠가 주목한 단편' 등 왓챠는 다양한 콘텐츠 기획이 있었다. 사실 넷플릭스는 해외 플랫폼이다 보니 저작권 문제가 있어서 한국 상영이 원활하지 않다. 이 말은 플랫폼에 앞서 어떤 영화, 어떤 드라마를 상영하는지 하는 콘텐츠가 중요해졌음을 말해준다. 이때 이러한 틈새를 뚫고 한국 OTT 플랫폼 왓챠는 CGV와 콜라보하여 CGV왓챠관을 만들었다. CGV왓챠관에서는 왓챠에서 단독으로 수입, 배급하는 영화를 상영한다. 그 예로 〈스왈로우〉, 〈리틀 조〉 등이 있다. 한편 개봉 당시에는 관객들에게 큰 사랑을 받지 못했지만 이후에 입소문을 타고 VOD서비스나 OTT서비스로 인기를 얻어 다시 재개봉하는 경우도 있는데, 그 예로 〈벌새〉와 〈소공녀〉 등이 있다. 극장에서 이미 개봉을 하였지만 VOD서비스나 OTT서비스에서 지속적인 인기가 있는 영화를 다시 영화관에서 상영하는 경우도 있다. 예로 〈건축학개론〉, 〈늑대소년〉, 〈아가씨〉 등이 있다. 이렇듯 왓챠는 한국 콘텐츠 플랫폼

[그림2] 〈건축학개론〉 포스터

으로서 발빠른 노력을 하고 있다.

2. 개인의 세분화된 취향에 맞춘 '클래스101'

코로나19로 인해 소비자들의 소비 유형과 패턴이 조금씩 달라졌다. 이번 장에서는 창작자 지원을 중심으로 한 다양한 디지털 플랫폼의 변화에 대해 살펴보자. 우선 '클래스101'은 2018년 3월, '세상 모두가 자신이 사랑하는 일을 하며 살 수 있도록', '세상 모든 것에는 배움이 있다'라는 철학을 가지고 런칭한 온라인클래스 플랫폼이다. 창업 1년 만에 120억 투자 유치에 성공하고, 설립 2년도 안 돼 500만 명이 다녀간 한국의 스타트업이다. 2020년 12월 기준 총 클래스 수는 1,089개다. '클래스101'의 고지연 대표에 의하면 잘 만든 콘텐츠를 파는 것이 아닌 수강생이 충분히 돈을 지불할 만큼 가치 있는 콘텐츠를 만들어, 강의하는 사람도 돈을 벌 수 있는 구조를 만들어내겠다는 다짐으로 시작했다고 한다.

'클래스101'은 공예, 그림 그리기, 커피 내리기, 요리 등 취미 위주의 강의에 집중하였는데 코로나19로 외부 활동에 제약을 받으면서 '준비물까지 챙겨주는 온라인클래스'라는 슬로건이 오히려 관심을 받게 되었다. 취미 생활을 하려면 간단해 보이는 것도 하나하나 준비해야 하는데, 준비물이 많은 취미는 귀찮고 어려워 포기하는 경우가 많다. 그런 사람들을 위해 '클래스101'은 사소한 준비물까지 집으로 배송해주는 혁신적인 마케팅을 펼쳤다. 예시로 드로잉 강의를 듣는 사람들에게는 종이까지 챙겨주고, 뜨개질 강의를 듣는 사람들에게는 실과 바늘까지 보내주는 섬세함을 보였다.

'클래스101'은 동영상 강의를 보고 따라 해보는 데 집중한다. 여기까지는 유튜브와 같다. 하지만 유튜브와 다른 점은 실제 체험할 수 있는 강의라는 데 있다. '클래스101'의 강의에서는 준비물을 챙겨주고, 하나하나 따라해 보게 하고, 숙제를 내주고, 완강했을 시 할인 쿠폰을 제공하면서 취미를, 혹은 정보를 얻을 수 있게 했다. 또한 유튜브보다 세세한 커리큘럼을 통해 전문적이고 잘 만들어진 강의를 만든다. 정보의 홍수인 유튜브에서 잘 만들어진 강의를 찾는 것은 수고로움이 따른다. 그러나 '클래스101'에서는 선별된 강의를 들을 수 있다. '클래스101'은 크리에이터에게 수익이 돌아가는 것을 목표로 잘 팔리는 강의를 만들기 때문에 크리에이터들은 단기간에 수익이 창출될 수 있는 '클래스101'에 모일 수밖에 없다. 또한 영상을 잘 만들지 못해도 그 분야에 대한 지식이 풍부하고 사람들이 그 분야의 강의를 원한다면

‘클래스101’이 강의 제작을 도와준다. 유튜브보다 훨씬 간편하게 자신이 가진 지식만으로 강의를 만들 수 있다는 점은 다양한 전문가들의 유입과 강의의 질적 상승으로 이어졌다. ‘클래스101’은 최근 몇 년간 어려운 재정 상황을 겪었지만, 기존의 개별 구매 방식에서 구독 모델로의 전환과 글로벌 확장을 통해 다시 회복세를 보이고 있다. ‘클래스101’은 웹소설 플랫폼과 비교해보면 콘텐츠 소비와 창작자 지원을 중심으로 한 디지털 플랫폼이라는 점에서 유사한 면이 있다.

3. 숏폼 플랫폼 ‘틱톡’에서 인스타그램 ‘릴스’까지

2017년 11월 한국에 공식적으로 출시된 틱톡은 숏폼 플랫폼의 선두주자라고 말할 수 있다. 그 이유는 틱톡이 숏폼 콘텐츠 시장을 가장 먼저 선점했기 때문이다. 틱톡이 큰 파급력을 얻게 된 이유는 이용자들이 자체적으로 영상을 편집해서 업로드하고 공유할 수 있는 기능을 제공하여 다양한 기업, 연예인들과 마케팅을 진행할 수 있게 되었다는 것이다. 그러한 방법으로 틱톡은 이용자 확보에 성공했고, 특히 마케팅 분야에서 큰 두각을 드러냈다. 하지만 출판사에서는 비용과 효과 면에서 이점이 크지 않기 때문에 적극 이용하고 있지 않다. 오히려 코로나19 시대에 들면서 '인스타그램' 플랫폼의 활용도가 높아졌다.

인스타그램 플랫폼에서 '릴스'는 2020년 8월 15일 공식 출시되었으며(한국에서는 2021년 2월부터 출시되었다), 틱톡과 유사한 짧은 비디오 서비스를 제공하고 있다. 릴스는 틱톡과 기능적으로 아주 유사하다고 할 수 있다. 유사점을 보면 최소 15초에서 최대 30초 이내의 짧은 영상에 음악을 삽입할 수 있다는 점, 음악 목록에서 원하는 곡을 검색해 영상과 어울리는 음악을 삽입할 수 있다는 점, 증강현실 기능으로 배경을 바꾸고 자연스러운 전환 효과를 주는 특수효과 기능이 있다는 점, 직접 영상을 촬영하거나 저장해둔 영상을 불러와 자유롭게 편집이 가능하다는 점까지 거의 틱톡 복제품이 아닌가 싶을 정도로 유사한 기능이 한두 개가 아니다. 하지만 틱톡의 카피캣이라는 논란에도 불구하고 릴스가 시장에 성공적으로 자리 잡게 된 배경은 릴스가 인스타그램 속 한 기능으로서 세분화되어 제공되었다는 점이다. 릴스는 인스타그램이라는 기존 앱 내에서 제공하는 서비스라 시작부터 전 세계 10억 명이라는 인스타그램 사용자를 확보한 것이나 다름없어 이용자들의 진입장벽이 낮다고 할 수 있다. 릴스도 결국 창작자가 자신만의 콘텐츠를 짧은 시간 내에 쉽게 제작하고, 이를 대중에게 공유할 수 있는 구조를 제공하는 사용자 생성 콘텐츠다.

4. 오디오콘텐츠 플랫폼 '클럽하우스'의 등장

코로나19 이후 부상한 오디오콘텐츠 플랫폼으로 '클럽하우스'가 있다. 클럽하우스는 2020년 4월에 출시되어 1년도 안 되어 810만 명의 글로벌 이용자를 모았다. 한국에도 SNS 등을 통해 알려지기 시작한 지 한 달도 채 되지 않았음에도 20만 명의 이용자를 모았다. 아이폰이 아니면 클럽하우스를 이용하지 못하기 때문에 아이폰을 중고 거래하는 상황까지 생겨났다. 아침에 눈 뜨자마자 카카오톡이나 인스타그램이 아닌 클럽하우스로 하루를 시작한다는, 일명 '클하 페인'도 생겼다. 카카오톡과 인스타그램과 달리 클럽하우스의 주요 특징은 '대화'다.

유튜브와 같은 자극적인 섬네일도 없고 단순히 재미와 유희를 주는 영상도 없다. 단지 대화방의 이름과 대화 주제만이 알 수 있는 정보의 전부다. 이렇게 단순한 기능으로 클럽하우스가 단기간에 전 세계적인 열풍을 일으킬 수 있었던 것은 '실시간 쌍방향' 소통 덕분이다. 유튜브는 영상 파일을 업로드할 수 있어 반복재생이 가능하지만 클럽하우스는 아니다. 오직 약속된 시간에 참여해 그 안에서만 대화하고 실시간으로 이야기가 끝나면 아무 것도 남지 않는다. 클럽하우스의 투자를 이끌었던 앤드류 챈 안드리센 호로위츠는 "클럽하우스는 팟캐스트처럼 강의나 강연에 참석하는 것과 같지만, 듣는 것뿐만 아니라 대화도 가능하다. 할 말이 있으면 그냥 손을 들면 된다”고 말했다. 실제로 클럽하우스 사용자들은 글이 주가 되는 트위터나 페이스북보다 좀 더 자유로운 표현이 가능하다는 점, 카메라 기능이 있는 ‘줌’ 같은 플랫폼보다는 얼굴 노출에 대한 부담감을 덜 수 있다는 점을 클럽하우스의 큰 장점으로 꼽았다. 이와 더불어 인플루언서 또한 클럽하우스로 인해 이목을 집중시킬 수 있었다. 예를 들면, 오프라 윈프리나 일론 머스크와 같은 방송인, 정치인, CEO 등 사회적 영향력이 큰 사람들은 물론 평소에 접하기 드문 인물들과 클럽하우스에서 자유롭게 소통할 수 있다. 클럽하우스는 한때 음성 기반 소셜 미디어로 폭발적인 인기를 끌었지만, 현재는 다양한 유사 플랫폼의 등장으로 사용자 증가세가 둔화되었다.

5. 네이버의 비디오 스트리밍 ‘V LIVE’의 부상

V LIVE는 ‘브이앱(V-App)’이라고도 불린다. 네이버에서 제공하는 동영상 스트리밍 플랫폼으로 아이돌 연예인이 직접 방송을 할 수 있는 플랫폼으로 잘 알려져 있다. 따라서 주요 사용자 층은 아이돌들의 팬이다. 원래는 콘서트나 팬미팅처럼 오프라

인 콘텐츠를 온라인에서도 즐길 수 있도록 하는 데 주요 방점이 있었다. 왜냐하면 콘서트나 팬미팅은 장소의 제약과 그에 따른 참여 인원수가 한정적이기 때문에 해당 행사에 참석하지 못한 많은 팬들의 아쉬움을 달래는 사업 모델이었다. 따라서 실시간 비디오 서비스를 제공하다가 지금은 뮤직비디오나 웹드라마, 웹예능 등의 콘텐츠도 함께 즐길 수 있는 플랫폼으로 변신했다.

특히 코로나19 상황에서 비대면 온라인 콘텐츠를 소비하려는 수요가 더 많아지게 되었고, 플레이리스트의 웹드라마 〈연애 플레이리스트〉와 같은 웹콘텐츠의 인기도 많아져서 이를 유튜브나 페이스북뿐 아니라 V LIVE에서도 시청할 수 있어 아이돌 팬 위주의 플랫폼에서 일반 시청자들로 고객 범위를 넓히고 있는 추세다. 네이버의 V LIVE는 아티스트와 팬이 실시간으로 소통하며 콘텐츠를 제공하는 플랫폼이다. 웹소설 플랫폼과 비교해보면 작가가 창작한 이야기를 독자가 소비하며 상호작용한다는 점에서 유사하다.

6. 교보문고 '톡소다' 서비스 개시

톡소다는 웹소설과 웹툰을 중심으로 한 디지털 콘텐

츠 플랫폼이다. 톡소다는 원래 교보문고의 웹소설 플랫폼이다. 그래서 이름도 캐치프레이즈 '톡소는 웹소설 여기다'를 줄인 것이다. 2017년 처음 선보인 이 플랫폼은 2021년 말을 기준으로 30만 명의 이용자가 즐기고 있다. 이렇게 웹소설 위주의 플랫폼으로 운영되던 톡소다가 2022년 2월부터는 웹툰으로까지 영역을 확장하게 되었다. 이용자는 톡소다에서 다양한 장르의 웹소설을 읽을 수 있으며, 작가와 독자 간의 소통도 가능하다. 특히 신인 작가 발굴에 힘쓰며, 독자 참여형 이벤트나 공모전 등을 통해 창작자들을 지원하는 플랫폼이다. '톡소다'는 교보문고의 기존 서점 서비스와 연계하여 독자들이 더 폭넓게 콘텐츠를 즐길 수 있도록 설계되었다.

교보문고가 온라인 콘텐츠 사업을 강화하는 이유 중 하나는 오프라인 서점의 매출이 감소하고 있기 때문이다. 교보문고는 2020년 온라인 매출(3,395억원)이 전년 대비 30% 늘어난 반면, 오프라인 매출은 0.7% 증가에 그쳤다. 매출은 6,941억원으로 전년 대비 13.8% 늘었지만 영업이익은 6억792만원으로 89% 줄었다. 온라인 매출이 성장하고 있지만, 인터넷 서점인 예스24(6,129억원), 알라딘 중고서점(4,294억원)에 비해선 온라인 점유율이 뒤져 있다는 평가를 받는다. 여기에 서점업의 부진도 영향을 미쳤다. 2021년 7월 반디앤루니스가 기업회생 절차를 신청한 데 이어, 야놀자에 매각된 인터파크도 서점 사업을 철수한 바 있다. 현재 반디앤루니스는 2023년에 온라인서점으로 바뀌었고, 인터파크는 사실상 온라인서점 사업에서 철수했다고 본다.

교보문고는 '톡소다'에 이어 2021년 8월엔 모회사인 교보생명으로부터 1,500억 원의 자금을 지원받아 콘텐츠 사업 및 디지털 전환(DT·Digital Transformation) 작업에도 본격적으로 뛰어들었다.[1]

7. 나오며

지금까지 코로나19 이후 눈에 띄는 웹을 중심으로 한 다양한 플랫폼에 대해 살펴보았다. 플랫폼마다 장단점이 있으며, 앞으로 플랫폼들은 점점 더 소비자의 취향에 맞게 개인화·세분화될 것이다. 이들에게도 공통점은 있는데, 비대면 시대에서 '대면'을 갈망하고 비대면 시대에서 '소통'을 갈망하는 사람들의 욕구를 반영하고 있다는 점이다.

──────────

1 김은영, 교보문고, 웹툰 시장 진출…서점 부진에 콘텐츠 확대, 조선비즈. 2021. 12. 01.
https://biz.chosun.com/distribution/channel/2021/12/01/5C3J36TYGVEGRFUUFV7CTEV3PU

책을 고르는 독자들의 욕구도 변화를 맞고 있다. 코로나19와 함께 일상이 재택으로 바뀌고, 사람들을 만날 수 없고 재택근무로 집 안에서 생활하는 시간이 길어지면서 책을 고르는 취향도 달라지고 있다. 반려동물을 키우기 힘든 사람들에게 '반려식물'이 주목받으면서 식물 키우기를 다룬 가정원예 분야 도서 판매가 늘었다. 한편 사람들을 만나지 못하면서 소외감, 소통 부재가 생기면서 인간의 본성과 발전에 대한 생각을 정리한 책이 큰 관심을 끌었다. 대표적인 예가 『달러구트 꿈 백화점』다. 총 2권의 책이 출간되었는데, 1권의 판매에 비해서 달라진 점이 있다면 독자층이다. 1권은 판타지 소설을 좋아하는 20대가 주요 독자층이었는데 2권은 40대가 주요 독자층이라고 한다. 그리고 10대 독자의 비율도 높다고 한다.

코로나19 이후 소비자가 개인화·취향화·세분화되면서 콘텐츠 플랫폼이 다양해지고, 결국 책을 보는 독자들에게도 영향을 미친다. 책을 구매하는 독자들의 기준과 가치관이 달라졌다.

다음 장에서는 최근 각광을 받고 있는 웹소설 플랫폼에 대해 중점적으로 살펴보도록 하겠다.

참고문헌

김은영(조선비즈/2021.12.01.) 교보문고, 웹툰 시장 진출… 서점 부진에 콘텐츠 확대 https://biz.chosun.com/distribution/channel/2021/12/01/5C3J36TYG VEGRFUUFV7CTEV3PU

윤희돈·조성환, 「효과적인 웹툰 저작권 보호 방법에 관한 연구」, 한국정보전자, 통신기술학회, 2019.

이성민·이윤경, 「콘텐츠 지식재산활용산업 활성화 방안 연구」, 한국문화관광연구원, 2016.

이연지, 「콘텐츠 IP 라이선싱 활성화 방안 연구(지원제도를 중심으로)」, 한국콘텐츠진흥원, 2019.

제3장

웹소설 플랫폼과 특징

1. 웹소설의 특징

첫째, 웹소설의 분야적 특징에 있다고 본다. 장르소설이라는 점이다. 장르소설이란 대중의 흥미에 중점을 두면서 장르가 갖는 전형적인 형식과 구성을 따르는 소설 즉, 무협 소설, 추리소설, 판타지 소설 등을 모두 아우르는 말로 쓰인다. 〈퇴마록〉만 해도 판타지 무협 소설이다. 〈퇴마록〉을 읽었던 독자들이 현재도 존재하며, 네이버와 카카오페이지에 있는 웹소설 중에 무협 소설이 아직도 존재한다. 무협 소설은 현재 로맨스 판타지 소설로 넓혀졌다. 〈해를 품은 달〉, 〈구르미 그린 달빛〉, 〈김 비서가 왜 그럴까〉 등의 웹소설을 떠올려보자. 어떤 장르를 막론하고 판타지적 스토리는 성별과 연령을 넘어 폭넓은 층을 아우른다.

이런 현실을 꿰뚫은 문피아는 우수한 웹소설 작가를 발굴하기 위해 2015년부터 매년 공모전을 열고 있다. 문피아의 공모전은 신인 작가에게 일종의 등용문이 되었다. 2022년 문피아가 네이버웹툰에 인수된 이후에는 '지상최대웹소설 공모전'이라는 이름으로 변경되어 네이버 공모전의 일부로 열리고 있다.

둘째, 유통 방식이 기존 종이책의 유통구조와 다르다는 점이

[그림1] 〈퇴마록〉 시리즈

다. 한국콘텐츠진흥원의 2016년 이야기산업 실태 조사에 따르면 애니메이션, 방송, 광고, 캐릭터, 공연, 웹소설 등 한국 전체 이야기산업에서 가장 큰 비중을 차지하는 분야는 웹소설로 54%나 된다고 한다. 웹출판은 웹소설 작가들의 콘텐츠를 기존의 출판 유통사가 아닌 웹출판 유통사가 이용자에게 직접 판매하는 형태로 새로운 콘텐츠를 생산하고 유통하는 모델이라고 할 수 있다. 웹소설 전문 유통사들은 웹소설 작가들이 직접 자신의 작품을 업로드할 수 있는 셀프 퍼블리싱(self-publishing)이 가능한 '웹출판'이라는 출판 유통 시스템을 개척했다. 웹출판은 셀프 퍼블리싱의 발전 형태로 웹소설 작가가 출판사를 통하지 않고 웹소설을 직접 연재하고 기획, 편집, 출판까지 마치면 유통사가 일반적인 이펍(EPUB) 전자책 포맷이 아닌 유통사 고유의 어플리케이션으로 볼 수 있는 형태로 배포하여 유통사와 수익을 나눌 수 있는 시스템이다. 그러니 웹출판이 성장할 수밖에 없다.

출판 전체 시장으로 보면 종이책이 4조 원이 넘는 시장이고 전자책은 1,000억 정도 되는 시장으로, 종이책에 비해 존재감은 적지만 점차 늘고 있는 추세다. 전자책 매출 증가를 이끄는 분야도 장르문학으로 웹소설이 톡톡한 역할을 하고 있다. 구매 방식도 조아라와 같이 정기 금액으로 구독할 수도 있고, 문피아와 같이 건당 결제해 구매할 수도 있으며, 리디북스처럼 두 방식을 혼용해 구매할 수도 있다.

셋째, 웹콘텐츠의 파생 부가가치가 높다. 〈신과 함께〉를 영화로 제작한 리얼라이즈픽쳐스에서 2025년 〈전지적 독자 시점〉을 영화로 제작 예정이라고 한다. 〈전지적 독자 시점〉은 2015년부터 문피아에서 연재된 웹소설로 누적 조회 수 2억 회, 매출 200억 원을 기록한 한국 웹소설계의 대히트작이다.

우리가 이미 알고 있는 2014년에 방영된 박보검·김유정 주연의 KBS 드라마 〈구르미 그린 달빛〉도 웹소설이 원작이다. 웹소설 작가로 유명한 원조 작가로 귀여니가 있다. '귀여운 이'를 줄여 만든 '귀여니'라는 필명으로 유명한 저자는 고등학생이었던 2001년, 인터넷 사이트의 소설 연재 란에 〈그놈은 멋있었다〉를 연재하여 인터넷 조회 수 800만을 기록했다. 동명으로 출판된 책은 50만이라는 판매부수를 기록했으며, 귀여니의 두 번째 소설인 〈늑대의 유혹〉과 함께 2004년에 영화화되었다.

북팔 웹소설 플랫폼의 김형석 대표는 "웹소설은 일반 소설과 달리 인물의 대사를 중심으로 서사가 구성되기 때문에 시나리오와 형식이 매우 유사하다. 그 때문에 각색하기가 한결 수월하다. 또한 한 작품 안에서 여러 번의 갈등 시퀀스가 반복되며 극의 긴장감이 엔딩까지 지속되어 몰입도가 높다"고 말했다.

이처럼 현재 웹콘텐츠 시장의 중요한 트렌드는 오프라인 시장이나 지상파 혹은 케이블TV 시장을 오가면서 '웹툰-웹소설-영화화-드라마화' 등으로 교차하도록 아우르는 현상이 일어나고 있다.

2021년 5월 12일부터 6월 20일까지 40일간 문피아와 한국대중문학작가협회의 공동 주최로 총 3억 6,000만 원의 상금을 건 제7회 대한민국 웹소설 공모전이 개최된 바 있다. 2020년 '제6회 대한민국 웹소설 공모대전'에는 5,000여 편이 넘는 작품이 접수되었으며, 연재 글 기준으로 약 7만여 편이 등록되는 등 공모전에 대한 관심이 상당히 높음을 알 수 있다. 웹소설 시장이 점점 커지는 이유를 알겠다.

2020년 한국 웹소설 시장에서 시장 점유율은 1위 네이버, 2위 카카오, 3위 문피아가 차지하고 그 뒤를 조아라, 리디북스가 잇는다. 이번 장에서는 웹소설 플랫폼 업체로 문피아, 조아라, 리디북스, 북팔을 중심으로 알아본다. 포털형 웹소설 IP 플랫폼인 네이버와 카카오는 다른 장에서 따로 다루도록 하겠다.

2. 문피아: 무협 등을 중심으로 한 남성향 플랫폼

문피아를 만든 김환철 대표는 한때 '금강'이라는 필명으로 활동한 무협지 작가다. 한국 1세대 무협 장르 소설의 원로 작가인 그는 후배 작가들을 양성하겠다는 열정과 웹소설에 대한 애정으로 문피아를 키워냈다. 2002년 '고무림'이라는 이름으로 오픈한 웹소설 플랫폼 문피아는 오픈 후 약 10년 동안 아무런 수익이 없었다. 그림에도 불구하고 이 짧은 시간에 어떻게 이만큼 급성장했을까?

문피아에 등록된 작가 수를 보면 2013년 기준 4,000명을 밑돌았지만 2019년 기준 4만 명을 넘는다고 하니 6년 동안 작가 수가 10배 이상 늘어난 셈이다. 월평균 페이지 뷰가 1억 회 이상, 방문자 수는 40만 명에 달한다. 현재 문피아에 등록된 작가 수는 4만 7,000명가량이다. 2002년 인터넷 문화가 확산되면서 당시 천리안, 하이텔 등의 웹사이트에서 인기를 끈 인터넷소설들이 서적화되었고, 앞서 말한 〈퇴마록〉과 같은 유명 작품은 100만 부 이상의 판매를 올리기도 했다. 그때는 전국적으로 도서대여점들이 있었기에 가능한 일이었다. 하지만 2010년부터 도서대여점들이 하나둘 문을 닫으면서 인터넷소설 시장도 침체기에 들어섰다. 김 대표 역시 문피아의 수익 모델을 고민하다 2012년 결국 부분 유료화를 결정했다.

2021년에는 문피아를 통해 웹소설을 연재 중인 작가만 해도 4만 명, 독자는 70만 명이 넘는다. 2014년 45억 원 매출을 기록한 뒤 꾸준히 성장세를 유지하며 2019년 287억 원에 이어 2020년 540억 원의 매출을 올렸다. 전년 대비 2배 가까이 매출을 올렸다. 현재 문피아 같은 웹소설 연재 플랫폼을 통해 작가들은 안정적인 수입을 올리는 것은 물론 양질의 콘텐츠를 만드는 데 더욱 집중할 수 있게 되었다.

3. 조아라: 로맨스와 BL 중심의 여성향 플랫폼

조아라는 14만 명(2021년 기준)의 작가가 활동하며 일평균 연재 수가 2,400편이며 42만 개의 작품을 보유한 웹소설 플랫폼이다. 이수희의 논문에 의하면, 조아라 플랫폼은 2000년 설립 이후 8년 동안 계속 적자였다가 2009년부터 매출이 두세 배씩 늘어서 2015년 125억 원의 매출을 올렸다. 회원 수는 110만 명으로 1일 평균 860만 건을 이용하고 있다. 작품의 92%는 모바일로 이용하며, PC 이용은 8%에 불과하다. 조아라는 대여점에서 출판된 판타지 소설의 반을 배출한, 15년 이상 유지된 연재 사이트이자 장르소설 시장에서 가장 먼저 유료연재를 성공시킨 사이트다. 웹소설이 성장할 수 있는 전제 조건인 웹소설의 유료화를 최초로 성공시킨 것이다. '노블레스'라는 시스템을 구축하여 일정 이상의 금액을 지불하면 연재된 글을 정해진 기간 동안 무제한으로 볼 수 있게 하는 정액제 과금방식을 채택했다.

조아라가 정액결제 형태의 수익 모델을 선택한 것과 달리 문피아는 편당 결제 시스템을 선택했다. 일정 분량을 무료로 본 뒤 한 편당 100원씩 결제한다. 한 권을 통째로 구입하지 않아도 된다는 점에서 독자들이 부담감을 덜 느끼고 좀 더 쉽게 결제하도록 유도한 것이다. 이러한 판매 전략으로 문피아는 한국 최대 웹소설 연재 사이트로 성장할 수 있었다.

4. 리디북스:
전자책 서점에서 시작한 웹소설 플랫폼

리디북스는 리디주식회사에서 2009년 11월 16일에 서비스를 시작한 대한민국의 전자책 서점이다. 리디주식회사는 2008년 서울대학교 전기공학부를 졸업한 배기식 대표가 설립하였다. 2017년 9월 기준 2억 1,400만 권의 누적 전자책 다운로드

수를 넘어섰고, 제공하는 도서 수가 92만 권에 이른다. 2018년 9월 기준 3억 9,400만 권의 누적 전자책 다운로드 수를 돌파하였고, 제공하는 도서 수가 177만 권에 이른다. 장르소설 단행본 선독점 출간이 가장 많은 곳이며, 단행본 시장 중에서는 제일 규모가 크다. 최근에는 책 읽어주기 시스템도 도입했다. PC뷰어의 완성도가 제법 높은 편에 속한다. 2018년 7월 전자책 월정액 서비스 리디셀렉트를 시작했다. 현재 리디북스는 월 9,900원에 신간도 베스트셀러도 무제한으로 책을 읽을 수 있다. 모든 책이 구비되어 있는 것은 아니지만 꽤 많은 책이 있다. 웹툰·웹소설 등 지금 서점에 있는 책도 볼 수 있다.

5. 북팔: 성인 로맨스가 강세인 웹소설 플랫폼

2022년 2월 7일 주식시장 장 마감 후 예스24 관련 공시가 떴다. 웹소설 플랫폼 북팔의 주식 10만 4,490주를 182억여 원에 인수한다고 공시한 것이다. 이는 북팔의 지분 77.4%에 해당하는 금액이다. 온라인 서점 예스24가 북팔 인수를 통해 웹소설 시장에 진출하면서 웹소설 시장의 경쟁은 더욱 치열해지게 되었다.

북팔은 한마디로 어른들의 세계라고 불리는 웹소설 플랫폼으로 성인 로맨스, 성인 BL 등에 강점이 있다고 평가받는다. 또 문피아, 조아라 등과 더불어 웹소설 유료 시장을 이끈 주축 중 하나인 업체이기도 하다.

북팔은 누적 500만 회원수와 10만여 종의 웹소설을 유치 중으로 웹툰도 서비스하고 있다. 30여 개의 업체와 제휴 계약을 통하여 3,000여 종의 웹툰 콘텐츠를 확보해 서비스 중이며, 그간의 플랫폼 운영을 통한 노하우를 통하여 기존 웹툰 플랫폼과의 차별화를 꾀하고 있는 중이다. 북팔의 자체 웹소설 IP를 활용한 웹툰 콘텐츠 제작 소식도 업계에서는 큰 반향을 불러일으킬 전망이다. 2021년 11월 북팔에서 출간한 〈불건전한 욕망〉은 그 첫 사례로 네이버 시리즈에 런칭과 동시에 월간 랭킹 1위를 기록하는 등 독자들의 긍정적인 반응을 불러일으켰다.[1]

---

1   박진희(뷰어스/2021.12.16.) 북팔, 웹소설IP 바탕 웹툰화 시도…서비스 확장 론칭 '순풍'

http://theviewers.co.kr/View.aspx?No=2149910

6. 나오며

어느 편집자가 ○○저작권에이전시와 미팅을 하였는데, 직원을 충원했다는 얘기를 들었다. 그래서 그만둔 직원은 어디로 옮겼는지를 물었다. 유사한 에이전시로 이직했으려나, 아니면 개인 에이전시를 오픈했으려나 싶어서 물었더니 뜻밖의 대답이 돌아왔다. 웹소설 플랫폼으로 옮겼단다. 잠시 '에이전트가 웹소설 플랫폼으로?'라는 생각이 스쳤지만 한국 웹소설 작품에서 웹툰이나 수출 책으로 선별하는 일이 우선이라면 그럴 수 있겠다 싶다.

2021년 9월 네이버가 웹소설 플랫폼업체 문피아의 경영권을 인수했다. 인수 대상은 문피아투자목적회사(S2L파트너스, 창업자 김환철 공동 보유)의 지분 64.42%와 경영권이다. 문피아의 기업 가치는 3,000억 원 이상이라고 한다.

이처럼 인력 스카우트나 M&A 등이 이슈가 되는 업계는 그만큼 시장의 상황이 장밋빛일 가능성이 크다. 본문에서 언급한 문피아, 조아라, 리디북스 외에도 북팔, 로망띠끄 등 여러 가지 웹소설 플랫폼들이 있으며, 앞으로 점점 늘어날 것으로 보인다.

참고문헌

박성준, 「한국 MZ 세대의 웹소설 소비 연구」, 한국외국어대학교 박사학위논문,
　　　2024.

박진희, 북팔, 웹소설IP 바탕 웹툰화 시도…서비스 확장 론칭 '순풍', 뷰어
　　　스.(2021.12.26)

제4장

다양한 웹소설 IP 플랫폼

1. 한국 주요 IP 사업 플랫폼

웹툰, 웹소설과 같은 웹콘텐츠의 원천 스토리로서의 가능성이 입증되고 IP를 활용하여 얻을 수 있는 사업적 가치가 주목받고 있다. 많은 기업들은 웹콘텐츠에 최적화된 새로운 플랫폼을 중심으로 하는 사업방식으로의 변화를 꾀하여 콘텐츠 사업을 강화하고 있으며 동시에 해외시장으로의 진출을 시도하고 있다. 각 사업자가 보유한 주역 자원을 중심으로 웹콘텐츠 분야의 사업자를 유형화하면 포털 플랫폼형, 웹콘텐츠 플랫폼형, 커뮤니티형, 유통사형, 출판기반형의 5개 사업군으로 구분할 수 있다.[1]

웹콘텐츠 IP 확보를 위한 치열한 경쟁 속에 이처럼 수많은 사업자가 존재하지만, 그중에서도 카카오와 네이버가 이용자 수와 페이지 뷰 그리고 매출액에 있어 가장 두드러지는 성과를 내고 있다. 한국콘텐츠진흥원의 2020년도 보고서에 따르면, 카카오와 네이버가 웹툰과 웹소설 감상을 위한 플랫폼 이용 정도에 있

---

1   김숙·장민지, 「모두 IP의 시대: 콘텐츠 IP활용 방법과 전략」, 한국콘텐츠진흥원, 2017.

[표1] 웹콘텐츠 플랫폼 사업자 유형

사업군 유형	특성	대표 사업자
포털 플랫폼형	검색에 기반을 둔 사업자로 백화점과 같이 종합 콘텐츠 중 하나로 웹콘텐츠 진열	네이버, 카카오페이지(다음) 등
웹콘텐츠 플랫폼형	대부분 웹툰 전문 중소 플랫폼으로 시작했다가 웹소설까지 확장. 게임개발도 시작	레진코믹스, 코미코 등
커뮤니티형	장르 작가 중심의 커뮤니티가 상업적으로 성장한 경우	조아라, 문피아 등
유통사형	오프라인과 온라인 출판 유통 사업자가 연재 플랫폼을 만들어 웹콘텐츠 시장에 진입한 경우	예스24, 교보문고, 리디북스 등
출판 기반형	순수문학이나 교양서적 출판 사업자가 장르문학과 웹툰으로 영역을 확장한 경우	위즈덤 하우스, 황금가지(브릿G) 등

(출처: 코카포커스 17-02호, 한국콘텐츠진흥원)

어 매우 높은 비중을 차지하고 있는 것으로 나타났으며 IP의 확장가능성에 주목하여 최근 인수합병(M&A)을 통한 경쟁력 강화 및 콘텐츠 확보에 있어 우위를 점하기 위한 적극적인 움직임을 보이고 있다. 네이버와 카카오는 그동안 웹툰과 웹소설 IP 시장의 확대와 성장에 중요한 역할을 하였고, 현재 IP의 사업화에 집중하고 있는 대표 플랫폼이기도 하다. 앞으로의 방향성을 이끌어갈 선도 주자들이라 보기에 두 기업을 위주로 한국 IP 사업의 현황을 살펴보고자 한다.

(단위 %)

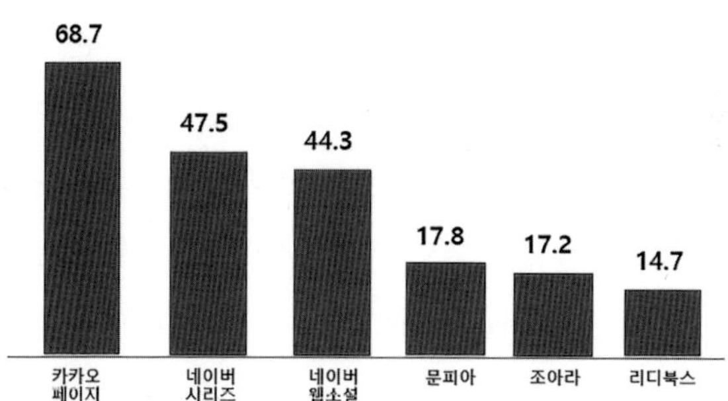

[그림1] 웹소설 감상을 위해 이용하는 플랫폼 순위(1~5위)

(단위 %)

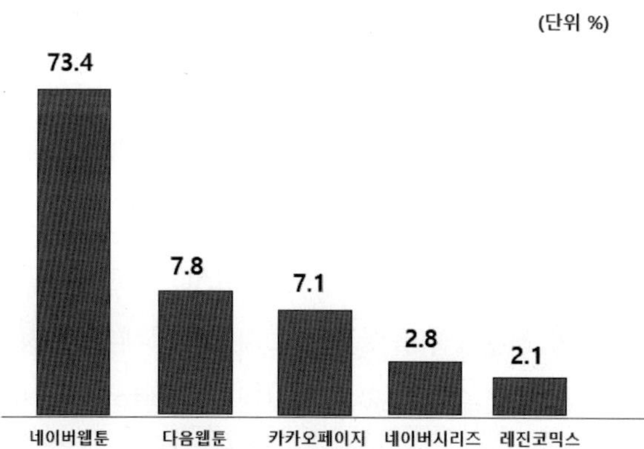

[그림2] 웹툰 감상을 위해 이용하는 플랫폼 순위(1~5위)

(출처: 2020웹소설 이용자 실태조사보고서, 한국콘텐츠진흥원)

2. 네이버의 IP 사업 현황

2015년 2월 네이버는 웹툰과 웹소설 분야를 사내독립기업(Company in Company, 이하 CIC)으로 설립했다. 이후 2017년 5월 네이버의 자회사로 독립해 네이버 웹툰 주식회사를 창립했다. 2018년에는 웹소설 플랫폼으로 사용하던 네이버북스를 네이버 시리즈로 개편해 통합적인 서비스를 시작했다. 또한 웹툰과 애니메이션을 필두로 영상, 이미지 중심의 다양한 디지털 콘텐츠를 제작하는 제작사 리코(LICO)를 2017년 7월에, 웹툰과 웹소설 IP를 영화, 드라마, 애니메이션으로 제작하는 'IP 브릿지'를 내세운 '스튜디오 N'을 2018년 8월에 자회사로 설립했다.[2]

네이버 웹툰의 IP 사업은 특히 글로벌 시장에서 1위를 차지하고 있다고 할 수 있다. 2019년 9월 전 세계 100개국에서 만화 앱(구글플레이 기준) 수익 1위에 올라선 데 이어, 2020년 8,200억 원 거래액을 기록하고, 글로벌 시장에서 MAU 7,200만 명을 달성하면서 글로벌 웹툰 1위 플랫폼으로 자리매김해왔다. 하지만 웹소설 분야에서의 시장 점유율은 비교적 낮은 편이었고, M&A 및 투자를 통해 이를 극복하고자 했다. 북미 플랫폼 왓패드와 한국 플랫폼 문피아의 인수가 대표적인 예시다.

---

2 이정열, 「웹소설 산업 활성화를 위한 정책 연구」, 한국콘텐츠진흥원, 2020.

네이버는 총 두 차례에 걸쳐 문피아의 주식을 인수하였고 총 56.23%의 지분율로 최대주주의 자리에 올랐다. 문피아는 네이버, 카카오를 제외하고 한국 최대 웹소설 플랫폼으로, 월평균 방문자 수 40만 명에 연간매출액이 417억 원 정도다. 카카오와의 인수 경쟁 끝에 결국 손을 잡게 되었고 네이버는 여러 히트작을 보유한 문피아를 통해 IP 경쟁력을 높일 수 있게 되었다.

또한 글로벌 시장으로의 적극적인 진출을 위해서 세계 최대 웹소설 플랫폼 기업인 '왓패드'를 약 6억 달러(약 7,066억원)에 인수하며 웹툰과 웹소설 1위 플랫폼을 합친 거대 스토리텔링 플랫폼으로 거듭나게 되었다. 왓패드는 매월 9,000만 명 이상의 이용자가 방문하고, 500만 명의 창작자들이 남긴 10억 편에 달하는 스토리 콘텐츠를 갖춘 글로벌 웹소설 1위 플랫폼이다. 이후 웹툰 스튜디오와 왓패드 스튜디오를 통합한 '왓패드 웹툰 스튜디오' 설립을 발표하며 북미를 중심으로 남미, 유럽, 동남아시아 등 글로벌에서 검증된 IP를 영상화하는 사업을 진행할 계획이라 밝혔다. 네이버는 약 1,000억 원의 글로벌 기금을 조성해 이 사업의 제작비 등에 투자해 수많은 원천 콘텐츠를 재료 삼아 드라마·영화·애니메이션 등 다양한 영상화 프로젝트를 선보일 예정이다. 네이버 웹툰과 왓패드의 IP로 드라마, 영화, 애니메이션을 제작하는 영상화 프로젝트는 2021년 기준 총 167개에 달한다.

네이버 웹툰 원작의 〈스위트홈〉, 왓패드 원작의 〈키싱 부스〉 등은 넷플릭스 오리지널로 제작돼 전 세계적인 인기를 끌었다.

네이버 웹툰은 웹툰 IP를 기반으로 미국 현지 작품 영상화 확대를 위해 한국외 영상 제작 유명 스튜디오 3곳(Vertigo Entertainment, Rooster Teeth Studios, Bound Entertainment)과 파트너십을 맺기도 했다. 아울러 2018년 설립된 원작 웹툰과 영화 제작을 연결하는 IP 브릿지 컴퍼니 '스튜디오N'은 〈연의 편지〉, 〈유미의 세포들〉, 〈알고 있지만〉 등 인기 웹툰 원작 콘텐츠를 영상화하고 있어 글로벌 프로젝트 영역에서 시너지를 발휘할 것이라 기대할 수 있다.

네이버가 2021년 마블 코믹스 웹툰 〈블랙 위도우〉를 선보이며 IP 확보에 적극적으로 나서고 있는 점도 주목할 필요가 있다. 네이버 시리즈는 2021년 7월부터 한국 마블 공식 퍼블리셔인 출판사 시공사와 네이버 웹툰이 함께 준비한 '마블 웹툰 프로젝트'의 첫 번째 작품인 〈블랙 위도우〉 컬러 웹툰을 공개 후 독점 연재하고 있다. 이는 80년이 넘는 역사를 자랑하는 마블 코믹스 원작을 웹툰으로 재창조한 세계 첫 사례이기에 큰 의미가 있다. 네이버는 또한 마블 공식 출판사 시공사와 협업해 〈이터널스〉, 〈토르: 러브 앤 썬더〉 등 마블 코믹스 웹툰도 2021년 11월부터 공개했다.

3. 카카오의 IP 사업 현황

2013년 모바일을 위한 웹콘텐츠 전문 플랫폼인 '카카오페이지'가 처음 서비스를 시작할 당시만 해도 낮은 인지도와 유료 콘텐츠에 대한 반발 등으로 어려움을 겪었다. 이를 극복하기 위한 대안으로 2014년 하반기에 '기다리면 무료'와 같은 웹소설의 제한적 무료 서비스를 시작하며 비약적인 발전을 이루었고 2019년 9월 기준, 카카오페이지는 누적 가입자 수 2,200만 명, 누적 조회수 470억 건, 누적 작품 수 6,600개, 파트너 CP사 1,300여 개를 확보하고 있다. 이후 카카오는 2016년 9월 1일 웹툰 서비스를 다음웹툰컴퍼니로 분리해 카카오페이지(당시 포도트리)의 CIC로 독립하며 웹툰 IP확장을 전면에 내세운 비즈니스모델을 구축했다. 모기업인 카카오페이지는 투자, 인수를 통해 IP 확장을 위한 공격적인 행보를 보여주고 있는데, 웹소설, 웹툰 제작 전문사인 디앤씨미디어에 126억 원을 투자해 18.5% 지분을 보유하고 있으며, 전통적인 출판만화 3사인 서울미디어코믹스에 100억을 투자해 22.2%, 대원씨아이, 학산문화사에는 각 146억 원과 147억 원을 투자해 19.8%의 지분을 보유하고 있다.[3]

카카오 콘텐츠 전략은 오리지널 지식재산권을 웹툰, 웹소설

---

3   한국콘텐츠진흥원 정책본부, 「2020만화산업백서」, 한국콘텐츠진흥원, 2020.

영상 등 다양한 미디어에 적합한 콘텐츠로 만드는 것이 핵심이다. 또한 카카오는 카카오M 산하로 연계 기획사와 제작사를 다수 인수했다. IP를 확장하기 위한 자체적인 역량을 갖추게 된 것이다. 2021년 3월 카카오M과 카카오페이지를 합병해 카카오엔터테인먼트를 출범시킨 사실은 이러한 전략이 본격적으로 현실화되고 있음을 보여준다. 카카오엔터테인먼트는 연 매출 1조원, 8,500개 원천 스토리 IP를 보유한 한국 최대 IP 엔터테인먼트 회사로 거듭나게 되었으며 2022년 상장 이후 '슈퍼 IP'를 발굴해 글로벌 회사로 도약하려는 계획을 가지고 있다. 카카오는 합병을 통해서 그동안 두 회사가 각자의 영역에서 기반을 다져온 IP 비즈니스 역량을 결합시켜 IP 비즈니스가 창출할 수 있는 부가가치 전체를 아우르는 독보적인 밸류체인(가치 사슬)을 구축하고자 한다고 전했다.

카카오의 웹툰, 웹소설 IP 사업은 글로벌 시장에서의 영향력 또한 공고히 하고자 노력하고 있다. 카카오 재팬의 웹툰 플랫폼 '픽코마'는 2020년 네이버를 제치고 일본 내 1위 웹툰 플랫폼에 올랐다. 특히, 픽코마는 최근 글로벌 앱 조사업체인 앱 애니 리포트가 2021년 발표 자료에 의하면 전 세계 비게임 앱 중 전 분기 대비 매출 성장률 3위를 기록했으며, 만화 앱 중 유일하게 10위 내에 이름을 올렸다. 미국의 웹툰·웹소설 플랫폼 M&A에도 적극적으로 뛰어들고 있는데, 카카오페이지와 다음웹툰을 결합한 '카카오웹툰'의 준비와 더불어, 2021년 5월 11일 북미 웹툰 플랫폼 타파스와 웹소설 플랫폼 래디쉬 인수를 공식화했다. 래디쉬는 2016년 설립된 모바일 특화형 영문 소설 콘텐츠 플랫폼으로, 자체 제작 콘텐츠 '래디쉬 오리지널'로 히트 작품을 내며 2020년 연 매출이 10배 이상 증가하는 등 가파른 성장세를 보이고 있다. 타파스는 2012년 설립된 북미 최초의 웹툰 플랫폼으로 2020년 매출이 전년 대비 5배나 성장하는 등 폭발적 우상향 성장 중에 있다. 카카오는 이들의 인수를 통해 IP를 활용한 엔터 비즈니스를 이끄는 핵심적인 역할을 할 것으로 기대하고 있다.

4. IP 사업 확장요인

네이버와 카카오 같은 대기업이 이처럼 IP 사업 확장에 집중하고 천문학적인 금액을 투자하여 해외의 웹툰, 웹소설 업체들을 경쟁하듯 인수하게 된 구체적인 원인과 배경은 무엇일까? IP 사업의 확장 요인, 현시점의 한계 및 문제점을 분석하여 더욱 적극적으로 활성화시킬 수 있는 방안이 있는지 살펴보자.

1) IP의 반복 검증을 통한 안전한 확장 가능성과 선순환 효과

가장 먼저 주목해야 할 점은 웹콘텐츠 IP만의 안전한 확장 가능성이다. 웹소설이나 웹툰과 같은 웹콘텐츠는 영화나 드라마, 게임과 같은 기존 콘텐츠에 비해 상대적으로 투입 비용이 적으면서도 콘텐츠 활용도가 높다. 이와 같은 특징은 투자자의 관점에서나 잠재적인 창작자의 관점에서 큰 부담을 주지 않는다. 특히 웹소설 같은 경우는 경제적·문화적 관점에서 콘텐츠 시장 내에서도 스몰 콘텐츠(small contents)로 정의된다. 초기 비용이 많이 투입될 수밖에 없는 영화와 같은 빅 콘텐츠(big contents)에 비해 더 극적인 경제적 효과를 누릴 수 있는 것이다. 특히 오늘날은 웹소설을 웹툰화하여 IP 사업의 기반을 다지는 '노블 코믹스'가 대세이다. 카카오페이지에 의해 만들어진 용어로 온라인에서 인기를 모았던 웹소설을 다시 한번 웹툰으로 제작하여 선보이는 작품을 일컫는다. 웹소설의 인기뿐만이 아니라 웹툰의 인기까지 가세하여 탄탄한 구독자 층을 형성한 뒤 빅 콘텐츠화하는 방법으로 초기 비용이 적게 드는 웹소설로 우선 시장의 반응을 살핀 뒤, 서서히 IP를 확장시키는 안전한 방법이라고 할 수 있다.

작품이 연재되는 동안 독자들과의 지속적인 소통을 통해 즉각적인 대중들의 반응을 살필 수 있다는 점도 웹툰과 웹소설의 독보적인 저력이다. 상호작용 통해 실시간으로 부족한 점을 수

정해 나가며 비교적 쉽게 인기를 얻을 수 있게 된다. 대부분 영화나 드라마로 재탄생하는 작품의 원작들은 조회 수나 별점, 댓글 등의 평가에 따라 흥행 공식을 적용해 볼 수 있는 웹툰이나 웹소설이다. 또한 검증된 작품의 피드백을 IP 확장시에 적극적으로 반영한다면 더욱 안정적인 콘텐츠 제작이 가능해진다. 웹툰과 웹소설의 이미 완성된 스토리라인과 특색 있는 캐릭터 등은 콘텐츠의 제작 시간을 단축시키기도 한다. 텍스트로만 구성된 웹소설은 웹툰에 비해 제작 속도가 20배 가량 빠르다고 할 수 있다. 이처럼 상대적으로 적은 초기 비용으로 시작하여 반복적인 검증단계를 거치며 IP를 안정적으로 확장해 나갈 수 있다는 점이 웹콘텐츠 IP 사업의 폭발적인 성장의 첫 번째 원인이다.

이러한 장르 이동과 확장을 통해 선순환이 가능하다는 점도 웹툰과 웹소설 IP의 독보적인 장점이다. 타 장르에 비해 웹콘텐츠는 창작자와 독자층이 상당히 중첩되기 때문에 장르 이동 시 콘텐츠 활용 효과가 높다. 탄탄한 스토리 라인을 바탕으로 하는 웹툰화 혹은 영상화의 인기는 다시 원작으로의 관심으로 환원되는 선순환이 이루어지며 새로운 이용자들을 발굴하는 효과를 발생시킨다. 특히 보다 원천적인 형태의 스토리를 가지고 있는 웹소설을 웹툰화하는 경우 성공 확률이 높으며, 웹툰화의 성공이 웹소설 구독률을 재상승시키는 선순환 효과를 가져오는 경우가 대부분이다. 카카오페이지에서 서비스 중인 〈달빛 조각사〉, 〈왕의 딸로 태어났다고 합니다〉 등이 대표적인 성공사례다.

2) 작가들의 낮은 진입장벽과 독자들의 높은 접근성

웹콘텐츠의 제작과 향유에 있어 접근성이 뛰어나다는 점은 IP 사업의 빠른 성장의 주된 요인이다. 오늘날 작가로의 데뷔방식은 매우 다변화되어가고 있으며 진입 장벽 또한 매우 낮아졌다. 웹툰과 웹소설은 1인 창작으로 이루어지고 전문적인 장비가 없어도 작업이 가능하기 때문에 진입이 용이하며 소수 선별적 등용방식이 주를 이루던 옛날에 비해 공모전이나 개인 커뮤니티 같은 온라인 플랫폼을 통한 데뷔가 훨씬 수월하다. 또한 순수문학에서 요구되는 형식적 조건에서도 자유롭기 때문에 작가 개개인의 개성을 자유롭게 드러낼 수 있다. 이로 인해 존재하는 다양한 창작자군은 넓은 연령대의 독자들을 타겟팅할 수 있게 하였다. 특히 웹소설 같은 경우는 그림이 아니라 글쓰기만으로 가능하기에 10대에서 고령층에 이르기까지 작가 연령층 분포의 폭이 매우 넓다. 2016년 한국콘텐츠진흥원 자료에 의하면 실제로 웹소설 전문 플랫폼 문피아의 작가 연령층을 보면 10대에서 70대까지 구성되어 있으며, 다른 웹소설 플랫폼 조아라 역시 자사 플랫폼 작가의 평균 연령은 29세로, 20대가 52%, 10대가 18%로 전체 작가의 70%를 차지하고, 최연소 작가는 16세, 최고령 작가는 90세로 역시 연령층 구성이 다양한 것으로 나타났다.

스마트폰 보급률의 증가와 모바일에 최적화되어 있는 콘텐츠라는 웹툰과 웹소설의 강점은 이용자들의 접근이 용이해졌다. 21세기는 모바일 온리의 시대다. 2014년 대만 타이베이에서 열린 '모바일퍼스트월드' 콘퍼런스에서 에릭 슈미트 구글 회장에 의해 처음 사용된 '모바일 온리(Mobile Only)'는 전자상거래, 콘텐츠 서비스, 비즈니스 등 대부분의 경제 활동을 모바일에서만 처리하는 시대를 의미하는 말이다. 모바일 온리는 금융, 자동차 등 모든 산업 분야에 모바일이 중심이 된다는 의미의 모바일 퍼스트에서 한 단계 더 나아간 개념으로 앞으로 일상생활과 비즈니스까지 모두 모바일로만 처리하는 시대가 도래할 것이란 예측을 담고 있는 용어다. 미국 시장조사기관인 퓨 리서치(Pew Research)가 세계 27개 국가를 대상으로 조사한 결과, 스마트폰을 사용하는 사람들의 비율이 가장 높은 국가는 한국으로 나타났다. 한국의 휴대전화 보급률은 100%이며 이 가운데 스마트폰 사용자들이 95%를 차지하고 있었다. 평균적으로 50%가 넘어가는 다른 26개의 국가들의 지표는 모바일 온리 시대가 왔음을 의미한다. 이에 따라 모바일 이용시간은 꾸준히 증가하고 있으며, 모바일로만 인터넷을 이용하는 경우도 대다수다.

웹툰과 웹소설은 이러한 모바일 온리 시대에 맞춰 변화된 현대인들의 라이프 스타일에 가장 잘 맞는 최적의 콘텐츠다. 이용자들은 이전처럼 긴 시간을 투자하기보다는 모바일을 이용하여 언제 어디서나 짧은 시간에 간편하게 문화생활을 하는 것을 선호한다. 웹툰과 웹소설은 모두 모바일 어플리케이션을 기반으로 제작되어 새로운 문법과 연출법을 지니고 있으며 대사 중심의 이야기 전개는 독자들의 빠른 이해를 돕고 가독성을 높여준다. 한편 당 감상 시간이 3분에서 최대 5분을 넘지 않는다는 특징은 앞으로도 새로운 이용자들이 지속적으로 늘게 될 것으로 전망하는 주된 원인이다.

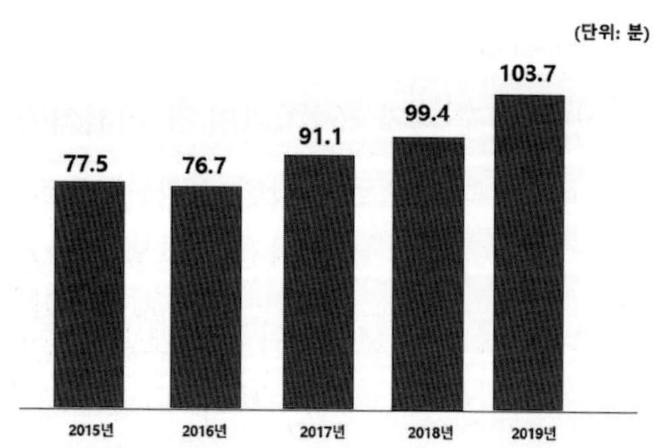

[그림3] 한국인 하루 평균 스마트폰 이용시간

(출처: 정보통신정책연구원– 스마트폰 기반의 미디어 이용행태변화(2015–2019))

3) OTT 플랫폼의 시대의 오리지널 콘텐츠 확보 경쟁

다양한 OTT 플랫폼의 등장은 IP의 저력을 본격적으로 확인할 수 있는 계기가 되었다. 특히 지금은 소비자 맞춤형 OTT(Over The Top)의 시대다. OTT는 광대역 인터넷을 통해 스마트폰, PC, 태블릿 PC 등 각종 기기에서 실시간으로 동영상을 재생해주는 서비스를 말한다. OTT 서비스에 가입하면 해당 OTT가 제공하는 영화, 드라마, 예능 프로그램, 애니메이션, 다큐멘터리 등 모든 동영상 콘텐츠를 다양한 기기를 통해 스트리밍 방식으로 시청할 수 있다. 이렇듯 시장 경쟁이 본격화되는 시점에서 우위를 차지하기 위해 필요해진 것은 오리지널 콘텐츠다. 강력한 오리지널 콘텐츠는 신규 가입자를 유치할 수 있을 뿐 아니라 기존 가입자의 이탈을 방지할 수 있다. OTT 플랫폼의 경쟁은 해당 플랫폼이 어떠한 콘텐츠를 제공하느냐가 핵심이 되기에 넷플릭스, 디즈니+ 등과 같은 글로벌 플랫폼들이 점유율 확대를 위한 양질의 IP 확보에 적극적으로 투자하고 있는 것이다. 이러한 투자금의 성공적인 운용을 위해 선호되는 것이 검증 가능한 웹툰과 웹소설의 IP이며, 이 때문에 이들의 가치는 급격히 상승하고 있다.

OTT 플랫폼들이 다양한 콘텐츠를 제공하기 위해 IP를 확보하는 과정에서 특히 한국 웹툰과 웹소설의 가능성이 발굴되고 있다. 그 본격적인 작품이 바로 〈킹덤〉이다. 2019년 1월 넷플릭스 오리지널 드라마로 등장하며 전 세계를 뒤흔든 〈킹덤〉 시리즈는 한국 웹툰 원작의 IP의 가치를 본격적으로 알린 작품이다. 2020년 3월에 시즌 2가, 2021년 7월 외전 〈킹덤: 아신전〉이 공개되었으며 〈킹덤〉의 원작은 2014년 와이랩이 발표한 만화 〈신의 나라: 버닝헬〉 중 〈신의 나라〉편이다. 플랫폼에서 제작되는 경우 막대한 제작비 지원이 이루어진다는 점은 그동안 불가능하게 여겨졌던 IP의 영상화를 가능하게 만들었다. 〈신의 나라〉의 경우, 사극이라는 특성 때문에 PPL이 어렵고 원작의 세세한 설정을 살리기 위해 비용이 많이 들기에 영상화가 어려울 것이라 점쳐졌지만 OTT 플랫폼의 지원으로 인해 대작들의 IP 확대가 실현가능해진 것이다. 이처럼 그동안 공중파 TV에서 다루기 어려운 소재, CG 효과 등으로 대규모 제작비가 예상되는 웹툰의 경우 OTT 플랫폼의 도움을 받아 제작되는 사례가 늘어나고 있다. 넷플릭스에서 공개된 네이버 웹툰 원작의 〈스위트홈〉은 전 세계적으로 흥행을 거두었고 디즈니+에서는 한국 오리지널 콘텐츠 원작인 동명의 웹소설을 실사화한 〈키스 식스 센스〉 등이 2022년 방송되었다. 이외에도 다양한 영상 플랫폼들의 웹툰과 웹소설 IP에의 투자는 앞으로도 웹콘텐츠 IP 사업이 성장할 수 있는 주요한 원동력이 될 것이다.

5. 웹툰과 웹소설 IP 사업의 활성화

1) IP 프랜차이즈화 추진

웹툰과 웹소설 IP 사업의 활성화를 위해서는 단순한 장르적 확장에서 벗어나서 IP의 프랜차이즈화를 위해 노력해야 한다. 그동안 연재하며 인기를 얻은 웹소설과 웹툰이 영화나 드라마, 뮤지컬 등으로 만들어지는 사례는 흔하게 볼 수 있었다. 원작 기반 드라마나 영화가 흥행하자 일부 작가의 신작은 연재와 동시에 영화화 계약을 하는 등 원천 스토리가 웹소설, 웹툰에서 시작해서 빅콘텐츠로 확장되는 것이 현재의 기본 공식이다. 그러나 미국이나 일본에서 인기 원작이 프랜차이즈처럼 여러 플랫폼으로 뻗어 나가며 부가 수익을 거두는 여러 사례들을 봤을 때, 한국에서는 IP 활용이 협소하게 진행되어 왔다는 것을 알 수 있다. 완결된 이야기를 영상화하는 것에 그치는 것이 아니라 다양한 미디어를 통해 하나의 이야기 세계로부터 다양한 이야기를 도출하고 상이한 미디어를 활용하여 새로운 이야기를 제공함으로써 미디어 간 시너지 효과를 내는 것이 중요하다. 이러한 프랜차이즈화를 위해 가장 필요한 것이 바로 멀티 스토리텔링 기반의 다차원 세계관 구축이다.

이에 대한 벤치마킹 차원에서 마블, 디즈니와 같은 사례가 언급되고 있으며 디즈니가 마블을 인수하면서 제작된 '마블 시네마틱 유니버스(MCU)'는 IP의 2차적저작권 활용을 극대화시킬 수 있는 롤모델이라 할 수 있다.[4] MCU는 마블 코믹스의 원작 만화를 바탕으로 영화 시리즈이자, 영화 속 히어로 캐릭터들이 활동하는 가상의 세계관이다. 이를 바탕으로 만들어진 어벤져스 시리즈는 2019년까지 북미에서 역대 최고의 흥행을 거둔 시리즈로 기록되고 있다. 플롯이나 설정, 캐스팅과 캐릭터를 공유하는 것이 특징이며 현실과는 다른 세계관의 구축은 그 안에 존재하는 다양한 캐릭터를 만들어내고, 각기 다른 캐릭터를 주인공으로 한 시리즈를 개발할 수 있게 했다. 하나의 플롯 안에서 완성도 있는 다양한 개별적인 이야기들이 진행되기에 원작을 모르는 관객들도 쉽게 유입될 수 있다는 것이 큰 장점이다.[5] 이후 연계된 작품을 찾아보고 감상하며 세계관에 발을 들이면 감상의 즐거움이 더욱 커지고 이들이 결국 고정 팬덤이 되는 것이다. MCU는 팬덤의 일정한 관심을 유지하고 세계관의 해석을 돕기 위해 매력적인 캐릭터를 만들었고 콘텐츠를 지속적으로 확장시키며 오

---

4   한국콘텐츠진흥원 정책본부, 「2020만화산업백서」, 한국콘텐츠진흥원, 2020.
5   김숙·장민지, 「모두 IP의 시대: 콘텐츠 IP활용 방법과 전략」, 한국콘텐츠진흥원, 2017.

늘날의 성공에 이르게 된 것이다.

한국의 IP 사업도 성장을 위한 장기적인 관점에서 원작의 세계관을 반복해서 보이는 장르적 확장에서 더 나아가 MCU와 같은 다차원 세계관의 형성이 필요할 뿐 아니라 각각의 매체 플랫폼에 맞춰 이를 각색할 필요가 있다. 또한 지속성을 위해 구축된 세계관을 계속해서 소비할 만한 가치를 느끼게 할 캐릭터 라이징, 캐릭터 간의 관계 구축이라는 부분도 간과해서는 안 될 것이다.

웹콘텐츠가 B급 문화로 치부되던 시절이 있었다. 다음과 네이버가 처음 웹콘텐츠 시장에 뛰어들 때 많은 이들이 의아해했던 것도 웹콘텐츠를 하급 문화로 여기는 정서가 팽배했기 때문이다. 하지만 오늘날 IP 비즈니스의 성공은 인식이 변화를 가져왔고 웹툰과 웹소설은 오히려 무한한 잠재력을 지닌 원천 스토리로 여겨지고 있다.

2) 콘텐츠의 질적 향상을 위한 노력

웹툰과 웹소설이 스마트폰에서의 이용을 목적으로 제작되어 짧은 시간 내에 틈틈이 감상할 수 있다는 장점이 있지만 문제는 콘텐츠의 질을 보장하기 힘들다는 점이다. 사실 이는 웹콘텐츠의 고질적인 문제이기도 하다. 관련 산업이 발달하며 극복한 듯한 모양새이기는 하지만, 여전히 독자들의 시선을 끄는 것을 최

우선으로 생각하기에 자극적인 소재를 사용하는 경우가 잦으며 애초에 짧은 분량 탓에 형식적인 한계가 뚜렷하기도 하다. 애플리케이션 분석업체 와이즈앱은 2021년 1월 안드로이드 스마트폰 이용자 2만 3,564명을 조사한 결과, 우리나라에서 791만 명이 웹툰과 웹소설 앱을 이용했다고 밝혔다. 연령별로 보면 10대가 254만 명, 20대가 233만 명으로 전체의 62%를 차지했다. 10~20대 이용자 10명 중 6명이 모바일로 웹툰, 웹소설을 보는 셈이다. 이렇듯 소비자층이 특정 연령대에 집중된 이유는 편향된 장르의 추구 때문이라 할 수 있는데, 특히 웹소설의 경우 장르 고유의 코드 및 패턴을 지니고 있으며, 대중의 흥미와 기호를 중시하는 경향을 가진 장르문학을 중심으로 이루어져 있다. 웹소설은 크게 소재에 따라 로맨스, 판타지, 무협, 미스터리, 패러디, 역사물, 현대물 등 10가지의 하위 장르로 구분할 수 있으나 이 중에서도 판타지, 로맨스 장르가 가장 인기가 많다. 다음에 나오는 표는 대형 플랫폼들의 2021년 11월 기준 장르별 연재 편수로 판타지와 로맨스 장르의 작품 수가 두드러지게 많음을 보여주고 있다. 이처럼 특정 장르가 독점적으로 인기를 얻고 있기에 양산형 소설들이 무분별하게 등장하고 있고, 그로 인해 질적인 부분에 대한 비판은 피할 수 없게 되었다.

[표2] 주요 웹소설 플랫폼의 장르 구분 및 웹소설 연재 편수

플랫폼	네이버	카카오	조아라
장르 구분	판타지 (8,219) 로맨스 (31,258) 무협 (4,125) 퓨전 (12,066) 미스터리 (688)	판타지 (1,249) 로맨스 (809) 무협 (575) 퓨전 (1,153)	판타지 (51,127) 로맨스 (17,269) 무협 (3795) 퓨전 (18,475) 게임 (12,342)

(출처: 2021년 11월 기준 네이버 시리즈, 카카오페이지, 조아라 공식 홈페이지)

웹툰과 웹소설 IP가 한국을 넘어 글로벌 시장으로 적극적으로 진출하기 위해서는 현존하는 웹콘텐츠의 고질적인 문제 해결과 더불어 다양한 장르의 콘텐츠를 안정적으로 공급하려는 노력이 필요하다. 이를 위해서는 우선 양질의 창작자 발굴을 지원해야 한다. 조아라의 자체 조사에 의하면 웹소설의 평균 연령층은 29세인 것으로 나타났으며, 10대 작가의 비중도 18%로 창작자 연령층이 다른 분야에 비해 특히 젊은 것을 알 수 있다. 10대와 20대는 일반적으로 학업과 구인에 집중하는 연령대로 안정적인 집필 활동을 하기에 사회적 기반이 부족한 경우가 많다. 때문에 재능 있는 창작자들이 안정적으로 작품 활동을 할 수 있는 인프라 마련이 필요하다.

질적인 발전을 위해 해외시장의 잠재적인 창작자를 발굴하는 것도 대안이 될 수 있다. 발굴 범위를 확장하여 새로운 창작자들의 참여를 독려한다면 기존보다 다양한 장르의 웹툰과 웹소설의 제작이 가능해질 것이다. 이를 위해서는 해외의 재능 있는 창작자를 확보하고 이들의 발전 또한 도울 수 있는 체계적인 인큐베이팅 프로그램이 필요하다. 이와 더불어 창작자와 사업자 간에 네트워킹할 수 있는 장을 마련하는 방안도 생각해볼 수 있다. 창작자의 경우, 좋은 콘텐츠가 있더라도 이를 어떤 과정을 거쳐 유통시키는 것이 최선인지 판단하기 어려울 때가 발생한다. 그렇기 때문에 공인된 사업자 풀을 마련한 후 창작자와 사업적으로 연결해 줄 수 있는 자리를 마련하기 위한 노력도 필요할 것이다.

3) IP 보호 장치 마련

웹콘텐츠의 경우 다른 콘텐츠들보다 IP 보호가 어려운 편에 속한다. 게다가 작가와 작품에 대한 기본적인 보호 장치가 마련되지 못한 채 급격하게 성장한 시장은 많은 문제점을 낳았다. 웹툰과 웹소설은 기본적으로 유료로 제공되는 서비스이기에 불법 복제와 유통이 성행하며 이는 사업의 전반을 위협하고 있다고 해도 과언이 아니다. 특히 만화, 즉 웹툰 쪽에서는 오랫동안 지속되어온 심각한 문제이며 웹소설 시장 또한 최근에 광폭 성장하며 이러한 문제를 피할 수 없게 되었다. 정부도 이 같은 문제를 인식하고 문화체육관광부, 방송통신위원회, 경찰청 등 관계기관 합동으로 침해 대응 특별 전담팀을 구성하고 집중단속을 실시해 주요 불법 사이트를 폐쇄하고 운영자를 사법 처리하는 등 의미 있는 성과를 냈다. 하지만 특정 사이트를 폐쇄하면 다른 사이트로 이용자로 몰리고 이름을 변경한 사이트가 신설되는 등 웹툰 불법서비스가 끊이지 않고 지속되고 있기에 이것이 최적의 해결책이라고 보기는 어렵다.[6] 불법 복제는 이용자들의 콘텐츠 유료 소비의 감소를 가져오고, 이는 작가들의 생계를 위협하며 종전에는 창작 의욕과 원동력이 사라지게 한다. 때문에 웹콘텐츠 IP 사업의 안정적인 활성화와 성장을 위해서는 이러한 문제의 해결이 시급하다고 할 수 있다.

가장 필요한 것은 불법 유통사이트에 대한 체계적인 모니터링 시스템 구축과 법적 통제다. 대표적인 사이트를 폐쇄한다고 종결되는 문제가 아니기에 유사 사이트 전반을 지속적으로 추적하여 확인될 시 신속하게 접속을 차단하고 바로 법적 조치를 취하고자 노력하는 것이 중요하다. 이러한 사실에 대한 정부의 인

6　박석환, 「만화·웹툰 불법 유통의 특징과 문제점 연구」, 만화애니메이션 연구, 2019.

식과 해외 저작권 관리를 위한 입법 또한 절실하다. 작품을 제공하는 플랫폼 자체에서도 지속적으로 사용자들을 모니터링하여 불법 유통을 시도하는 유저를 막으려는 노력이 필요하다. 또 워터마크 기술과 같은 콘텐츠 보호를 위한 독자적인 시스템을 강화해야 한다. 이용자들의 인식을 개선하는 것도 중요하다는 사실을 간과해서는 안 된다. 불법 사이트 이용의 폐해와 위법성에 대해 강조하고 건전한 콘텐츠 이용을 독려하는 캠페인을 국민들에게 지속적으로 노출시킬 필요가 있다.

6. 나오며

웹툰과 웹소설은 여전히 무한한 잠재력을 지닌 콘텐츠다. 다만 이제는 사업 확장에만 치중하는 것이 아니라 성과의 빛에 가려져 있던 문제들을 직시하고 해결하기 위해 노력해야 할 시기다. 정부와 사업자들, 이용자들이 웹콘텐츠 IP의 가치와 중요성을 인식하여 건강하고 안정적인 생태계 구축을 위해 힘을 합친다면 한국의 IP 사업이 지금보다 높은 위상을 누리게 될 것이라 확신한다.

참고문헌

김민정 (2019, 9, 18). 카카오페이지, 일 거래액 10억 원 돌파, https://platum.kr/archives/128145

김숙·장민지, 「스몰 콘텐츠 웹소설의 빅 플랫폼 전략」, 한국콘텐츠진흥원, 2016.

김숙·장민지, 「모두 IP의 시대: 콘텐츠 IP활용 방법과 전략」, 한국콘텐츠진흥원, 2017.

김시소(2021. 3. 2), 콘텐츠로 '세계정복' 꿈꾸는 네이버·카카오, https://m.etnews.com/20210302000264

김지영(2017. 2. 25), 모바일 웹툰, 웹소설 이용자 62%가 1020세대, https://www.sedaily.com/NewsVIew/1OC8CEM7JS

김태영, 「2020 웹툰 사업체 실태조사」, 한국콘텐츠진흥원, 2020.

박석환, 「만화·웹툰 불법 유통의 특징과 문제점 연구」, 만화애니메이션 연구, 2019.

백경현, 「웹소설 산업현황 및 실태조사」, 한국출판문화산업진흥원, 2017.

변윤재(2021. 5. 14), '잘 키운 IP 열 사업 안 부럽다' 네이버-카카오IP 전쟁 막 올랐다, https://www.speconomy.com/news/articleView.html?idxno=304567

송요셉, 「웹툰의 현황 및 특성과 웹툰 기반의 OSMU 활성화 방안, 한국콘텐츠진흥원, 2012.

윤민혁(2021. 6. 24)네이버·왓패드 영상 스튜디오 통합, 1,000억 투자...글로벌IP 확장 가속https://www.sedaily.com/NewsVIew/22NRENBPPQ

윤희돈·조성환, 「효과적인 웹툰 저작권 보호 방법에 관한 연구」, 한국정보전자통신기술학회, 2019.

이성민·이윤경, 「콘텐츠 지식재산활용산업 활성화 방안 연구」, 한국문화관광연구원, 2016.

이연지, 「콘텐츠 IP 라이선싱 활성화 방안 연구(지원제도를 중심으로)」, 한국콘텐츠진흥원, 2019.

이용설·김공숙, 「글로벌 OTT 경쟁력 강화를 위한 콘텐츠 IP 전략: 게임 플랫폼 사례와 비교를 중심으로」, 글로벌문화콘텐츠학회, 2020.

이정열, 「웹소설 산업 활성화를 위한 정책 연구」, 한국콘텐츠진흥원, 2020.

장민지, 「IP 비즈니스 기반의 웹소설 활성화방안」, 한국콘텐츠진흥원, 2018.

조아라(2021. 3.21), '매출 1조' 카카오엔터 공식 출범…"글로벌 기업 도약", https://www.hankyung.com/it/article/202103048042g

조윤희(2021. 9.11), 네이버·프리미어PE, 카카오·CJ 제치고 웹소설 1위 '문피아' 인수https://www.sedaily.com/NewsVIew/22RF9HGYRF

최문정(2021. 9. 17), 웹툰에 이어 웹소설 진영 갖추는 네이버...IP벨류체인 강화, https://www.dailyimpact.co.kr/news/articleView.html?idxno=71802

최수영, 「웹툰 IP를 활용한 매체 전환 사례: 〈신과 함께〉를 중심으로」, 한국디지털콘텐츠학회, 2021.

한국콘텐츠진흥원 정책본부, 「2020만화산업백서」, 한국콘텐츠진흥원, 2020.

제5장

여성향 한국 웹소설

1. 한국 웹소설 장르

　과거에는 순문학과 대중 또는 장르문학의 이분적 구조로 문학, 특히 서사문학을 설명하는 경우가 많았으나 지금은 대중문학이 다시 장르문학과 웹소설로 분화되었다고 보는 의견이 많다. 종이책으로 출판되던 로맨스와 판타지가 웹이라는 인터넷 영역에서 주로 독자들과 만나게 됨으로써 출판문학으로서의 장르문학은 주로 SF와 '추·미·스'라고 불리는 추리, 미스터리, 스릴러 장르 위주로 남게 되었다.

　또한 웹소설은 고유의 어법체계를 가지고 있다. 그러한 어법체계를 이해하지 못하면 웹소설을 제대로 문해할 수 없게 된다. 즉 리터러시가 떨어지는 상황에 봉착하게 되는 것이다.

　이번 장에서는 한국 웹소설을 장르별로 구분하여 주요 특징 및 대표 사례 등을 살펴보도록 하겠다. 대표 사례는 로맨스, 로판(로맨스 판타지), 판타지, 현판(현대 판타지), 무협은 한국 웹소설 1위 플랫폼인 네이버 웹소설 인기작 네 편을 해당 장르별로 골랐고, BL의 경우에는 카카오페이지에서 주목받고 있는 소설로 선정하였다. 특히 BL의 사례는 선정성 수위를 고려하여 연령 제한이 없는 소설로만 골랐음을 미리 밝혀둔다. 왜냐하면 BL 웹소설 중에서 인기 있는 소설 대부분, 아니 거의 대부분의 BL 웹소설들이 15세 이상 또는 성인 연령을 대상으로 하고 있기 때문이다.

사례로 소개되는 웹소설들의 설명은 '웹소설 어법' 그대로를 옮겼다. 그래야 어떤 느낌의 소설인지 제대로 알 수 있기 때문이다. 순문학의 미학적 문장과의 차이는 당연하고 장르 출판문학과도 언어 사용에 있어 큰 차이를 보이는데, 특히 독특한 문장부호의 사용과 인터넷 용어를 순화 과정 없이 날것 그대로 옮기는 데서 웹소설 고유의 특징이 확연히 드러난다.

2. 로맨스

갖은 고난을 이겨내고 쟁취한 결혼이나, 핍박받는 역사의 현장에서 피어나는 사랑 같은 전형적인 로맨스 서사는 여전히 독자에게 사랑받는다. 현실에서는 절대 수용 불가한 나쁜 남자와의 로맨스가 '19금'이나 '고수위' 키워드로 인기몰이를 하는 것도 독자의 다양한 수요를 대변한다. 지금 이 순간에도 로맨스 장르는 계속 확장하고 있다. '회귀, 빙의, 환생' 같은 판타지 요소와 결부한 로맨스는 실패한 사랑을 뒤로 하고 과거로, 게임으로, 혹은 전생해서 새로운 사랑에 다다른다. 또한 하이틴 로맨스 장르가 증가하는 데서도 알 수 있듯이 로맨스 장르의 독자층은 성인에서 10대로 점점 저변을 넓혀가는 중이다. 로맨스는 사랑의 뜨거운 불길이 여타의 다른 조건들을 부숴버리고 성공적인 연애와 결혼을 통해 안정적으로 사회에 안착하기를 바라는, 다소 아이러니한 바람을 이뤄주는 장르다. 그중에서도 '계약 결혼' 혹은 '계약 연애'는 이 아이러니를 성공적으로 봉합해내는 로맨스의 대표적인 '장치'라 할 수 있다. 권력과 재력을 다 가진 남주인공이 다급히 연애 혹은 결혼해야만 하는 상황에 놓여 처지가 어려운 여주인공과 계약을 맺고 서로 사랑에 빠진다는 클리셰는 전형적인 로맨스 스토리 라인의 일종이다.

1) 新 광해의 연인

(글: 유오디아 / 그림: OCHEN)

시간여행사라는 특별함을 품고 있는 소녀 김경민. 경민은 어느 날 임진왜란 시기의 조선에서 건너온 세자 광해군을 만난다. 그리고 그것은 시간을 뛰어넘는 아주 특별한 사랑 이야기의 시작이었다. 조선으로 돌아간 광해군은 오랜 시간 경민을 잊

[그림1] 〈광해의 연인〉

지 못하고, 그런 광해군 앞에 조선으로 타임 슬립한 경민이 나타
나는데, 2019년 다시 시작되는 광해군의 이혼과 시간여행자 김경
민의 이야기다.

[그림2] 〈입술이 예쁜 남자〉

2) 입술이 예쁜 남자 (글: 플라비 / 그림: 구름)

장기출장을 떠나게 된 동생이 이웃집에 친구를 심어 놓고 갔다. "얘만큼 믿을 만한 놈이 없거든." 그 말에 여주인공은 그저 웃을 수밖에 없다. 남자주인공이 철썩같이 믿고 있는 그 녀석이 바로 여주인공의 첫 키스를 훔쳐 간 놈이다. 차마 밝힐 수가 없으니까. 예쁜 입술로 예쁜 말만 골라 하던 동생 친구가 완벽한 어른 남자가 되어 나타났다. 그러고는 작정한 듯 여주인공을 홀린다.

3) 결혼은 계획이다 (글: Lunar 이지연 / 그림: 회장)

철천지원수 집안 사이였지만, 리아는 믿었다. 태호와 자신은 다를 거라고. 하지만 믿음은 현실의 벽을 넘어설 수 없었다. 가족을 저버릴 수 없었던 리아는 결국 태호의 손을 놓는다. 연인 사이였던 과거는 철저하게 지운 채, 부모보다 더한 앙숙이 되어버린

두 사람. 남은 감정도 활활 타 재가 될 만큼 불꽃 튀는 경쟁을 벌이며 서로를 적으로 대했는데, 난데없이 결혼이라니! 최상급 외모와 뇌를 가졌지만 싸가지는 부족한 남자, 태호와 적과의 동침 같은 정략결혼으로 빨려 들어간 리아. 누군가의 철저한 계획 같은 이 결혼, 어딘지 수상하다?!

[그림3] 〈결혼은 계획이다〉

4) 끊을 수 없는 부부 사이

(글: 이달아 / 그림: PAGO)

결혼식 후 3년 만에 돌아온 남편의 눈엔 경멸이 가득했다. 하지만 태령은 신경 쓰지 않았다. 난 진짜 아내가 아니니까. 그런데 함께한 첫날밤 후 남편이 변했다. "우리 이제 남보다 못한 부부 사이에서." 경멸 가득했던 눈동자에 사랑이 감돌고, "끊을 수 없는 부부 사이가 된 거예요."라고 남편이 말한다. 차가웠던 음성은 다정해졌다. "내가 사랑한다고 하면 믿어줄래요?" 남편의 고백에 의심부터 하는 아내. 두 사람은 과연 사랑할 수 있을까.

[그림4] 〈끊을 수 없는 부부 사이〉

3. 로판(로맨스 판타지)

로맨스판타지(이하 로판)는 판타지 세계와 배경을 같이 한다. 판타지에서 남성 주인공이 겪었던 모험에 로판에서는 여성 주인공이 뛰어든다. 로맨스가 결혼을 비롯한 사랑의 결실로 주인공에게 보상을 제공하는 것과 달리, 로판의 주인공은 사랑 외에도 복수, 구원, 권력 등 다양한 보상을 받는다.

로판의 한계도 존재한다. 여성 인물이 남성 인물의 서사를 답습하는 결과에 불과할 수 있다. 강한 여성, 당당한 여성이 패턴화되면 새로운 이야기를 만들어내기 어렵다. 이는 안상원의 글[1]에서 "페미니즘적인 고민이 드러난 문화 텍스트가 '상품'으로 회귀하면서 빚어지는 문제"다. '신분제' 하에서 높은 신분과 재능을 타고난 여성 위주로 주인공 집단이 형성되어 있다. "주인공의 도전이 시도 가능하고, 독자들의 공감을 얻을 수 있는 최소한의 장치"거나, "'여성'이라는 조건 하나만 해결하면 동등해질 수 있다는 욕망"의 발현이라고 해석한다고 했다.

1　안상원, 『한국 웹소설 '로맨스판타지' 장르의 서사적 특성 연구』, 인문콘텐츠학회 55호, 2019.

1) 베이비 폭군 (글: 이흰 / 그림: 아원)

[그림5] 〈베이비 폭군〉

'내 나이 한 살, 제국의 황제가 되어 버렸다!' 가족의 사랑을 바랐지만 결국 받지 못한 삶. 더 이상 가족 같은 건 필요 없다고 여겼다. 비참한 결말 끝에 눈을 뜬 나. 응? 내가 제국의 공주라고? 그런데, 황제라는 아빠가 이상하다?! "메이블. 네게 폰세 성을 하사하마." "가장 비옥한 영지도 너의 것이다." 태어나자마자 시작된 하사 러쉬는 내 나이 한 살, 겨우 끝이 났다.

2) 하렘의 남자들 (글: 알파타르트 / 그림: 치런)

[그림6] 〈하렘의 남자들〉

"왜 저는 한 남자와만 결혼해야 합니까?" 여황제, 제국 최초의 하렘을 선언한다! "역대 선황들께선 후궁을 최소 다섯 명, 평균 열다섯 명 두었다. 이제 제가 황제가 되었으니, 저도 최소 다섯 명 이상은 후궁으로 두어야겠습니다. 재상 아들이요? 대상의 후계자요? 제가 좋다면 하렘으로 들여보내세요. 보고 마음에 드는 사람을 황후로 삼을 것이다." 결국 다섯 명의 후궁들은 황제의 사랑을 받기 위하여 엄청난 노력을 한다.

3) 레지나레나 - 용서받지 못한 그대에게

(글: 김영지 / 그림: Bon)

[그림7] 〈레지나레나〉
- 용서받지 못한 그대에게

"기회를 드릴게요. 제게 용서받을 기회요." 아버지는 딸을 팔았다. 그리고 딸은 지옥에서 돌아왔다. 생과 사가 뒤섞인 제국, 어린 레나 루벨은 아버지를 위한 제물이 되어 가련히 죽을 운명이었다. 하지만 6년 후, 모두가 죽었다고 생각한 여자아이는 어린 양의 탈을 벗고, 사자가 되어 다시 돌아왔다.

4) 고수, 후궁으로 깨어나다

(글: 코양희 / 그림: 노끼)

[그림8] 〈고수, 후궁으로
깨어나다〉

"내가 후궁이라고?" 현 무림에서 가장 강하다 일컬어지는 고수 천년비. 유일하게 믿었던 동료의 배신으로 아무도 모르는 곳에서 죽음을 맞이한다. 그런데 깨어나 보니…… 후궁의 몸에 들어와 있다? 처음에는 당혹스러웠지만, 뭐 황제와 엮일 일도 없는 것 같고, 구중궁궐의 평온한 삶이 마음에 든 천년비는 그냥 쭉 이 몸으로 살기로 결심한다. 하지만 황제가 자꾸 관심을 보이면서 이야기는 계속된다.

4. BL

BL은 Boy's Love, 즉 남성 동성애를 뜻한다. 로맨스 장르에서는 다소 식상해진 스포츠물이 BL에서는 오히려 남성 간의 은밀한 공간을 부각시킬 수 있어 거의 모든 스포츠 종목과 결합할 만큼 인기 있는 소재다. 기존 장르물도 예외는 아니다. SF와 결합한 작품(《은하수를 횡단하는 택시 운전사》, 《붉은 바다》)이나 공포 소재와 결합한 미스터리·오컬트물(《죽은 애인에게서 메일이 온다》, 《오, 나의 사탄 새끼》)은 다른 장르를 포용하고 활용하는 BL 장르의 특징을 잘 드러낸다. 여기에 용이나 악마 같은 '인외존재'를 다룬 작품(《푸른 괴물의 껍질》, 《상어에게서 토끼는 방법》)이나, 게임(《연애게임》, 《사랑과 전쟁 in GAME》)부터 동양풍 궁중물(《바르도의 궁》, 《인연》), 청춘게이물(《시맨틱 에러》, 《자두사탕러브》)까지 이르면 BL의 경계는 오히려 기존 장르의 협소한 개념을 대체할 만큼 확장된다. 더욱이

BL은 서로 끌릴 수밖에 없는 알파와 오메가 형질의 두 남자를 그린 '오메가버스'나, 운명의 상대가 될 사람의 이름이 몸에 적혀 있다는 '네임버스' 같은 특유의 세계관을 장르화해 연애 서사를 다양한 방식으로 변주하기도 한다. 그뿐만 아니라 BL 작가들은 다른 여성향 장르에서는 허용되지 않는 스토리 라인이나 소재, 감성, 문체까지도 시도하며 독자들도 이를 문제 삼지 않는다. 그만큼 BL은 다변화된 스토리를 접할 수 있다는 특장점을 가지고 있다. 심지어 두 사람이 비슷한 연령대가 아닌 중년 남성이 한 축을 담당하고, 이것이 트렌디한 키워드가 되는 등 다른 여성향 장르에서는 결코 있을 수 없는 현상이 일어난다. 비교하자면, 로맨스나 로맨스 판타지에서 남자 주인공을 40대 이상으로 설정하는 건 사실상 불가능하다. 나이 차가 나는 커플을 만들더라도 여자 주인공의 나이를 낮게 설정하는 것이 상식이다. 한마디로 여성향 웹소설 중 BL이 가장 클리셰를 피해 가는 장르라고 해도 과언이 아니다.[2]

1) 나의 시고르자브종 (글: 두나레)

귀신들이 붙어 잔병이 심했던 유시윤. 친구 하나 없이 우울하

---

2   손진원·북마녀, 『웹소설 큐레이션』, 에이플랫, 2021.

던 어린 시윤의 앞에 나타난, 시골 강아지 한 마리. 작고 통통한 강아지는 시윤의 눈물을 핥아주고, 온기를 나누어 주며, 소중한 친구가 된다. 13년 후, 대학생이 된 시윤. 귀신들은 여전히 괴롭히고, 이대로 단명할 팔자라고 생각하며 덤덤하게 지내게 된다. 그런 그의 앞에 태양처럼 밝은 생기를 뿜어내는 잘생긴 신입생, 한태형이 나타난다. "예쁘다고 나 물고 빨았잖아요. 귀도 만져주고, 쓰다듬어주고, 배방구도 해주고, 엉덩이도 두드려주고." 알고 보니 그는, 작고 왠지 불쌍하게 생겼던 그 아기 강아지였다는데……. 호러 한 스푼을 넣은 캠퍼스 BL 〈나의 시고르자브종〉.

2) 그림자의 영역 (글: 목탄)

카페 '새벽'은 7년 전 노래와 연기 두 분야를 모두 섭렵했다가 예고 없이 잠적했던 톱스타 백무연이 운영하는 곳으로, 암암리에 입소문이 나 있는 곳이다. 자정 전후로 하여 새벽 동안만 불을 밝히는 이 카페는 알음알음 방문하는 연예인들이나 관계자들이 주 손님이다. 재헌은 동료들에게 휩쓸리다시피 하여 끌려가게 된 어느 날, 그곳에서 소문의 주인공 백무연과 대면하게 된다. 무연에 대해 안 좋은 선입견을 갖고 있던 재헌은 그를 대하는 태도가 썩 좋지 않고, 무연 역시 그런 재헌이 껄끄럽기만 한데……. 숱한 날들을 이 자리에서 바라보았을 바깥 풍경이 참 작았다. 무연이 의지했던 새벽이 조각난 창에 매달렸다. 어딘가에 있을 무연의 감정이 이곳까지 흘러들어와 재헌에게 고이는 듯했다. 그렇지 않고서야 여전히 그의 사연을 알지 못함에도 불구하고 남겨진 슬픔이 사무치는 이유를 설명할 길이 없었다.

3) 최애는 일반인 (글: 봄별해)

대한민국을 대표하는 아이돌 'Answer' 인기의 최절정을 달리던 그룹은 한 멤버의 불륜 스캔들로 활동을 중단하게 되고, 그에 분노한 팬들이 스캔들이 난 멤버를 탈퇴시키라고 시위를 하는 상황까지 오게 되는데……. 엔시드(Answer의 팬 이름)를 진정시키고자 나온 멤버들에 오히려 더욱 흥분한 팬들이 그들의 리더 한성을 넘어트릴 뻔하자 마침 그곳을 지나가던 휑한 눈의 한 남자가 구해주게 된다.

4) SUCKER (글: 호야)

사고로 오른팔이 불편해진 민재는 의사의 꿈을 접고 로스쿨에 입학한다. 이곳에서 있는 듯 없는 듯 조용히 다니다가 졸업하는 게 그의 소박한 소원. 그러나 로스쿨 내 최고 인싸인 우진의 무리와 어울리게 되며, 우진보다 인기는 많지만 싸늘한 분위기를 풍기는 차지현과 최악의 첫 만남을 가진다. 평화로운 캠퍼스라이프를 위해 그들과 적당한 거리를 두고 멀어지려는 민재가, 차지현은 묘하게 거슬린다. 일부러 특별한 혜택(?)을 몰빵해주는 차지현으로 인해 남들의 시기와 질투의 대상이 된 민재. 그러던 어느 날, 민재를 향한 불만들이 터져버리고 본의 아니게 뒤에서 차지현을 씹은 모양새가 되어버린다. '나, 까인 거구나.' 아주 조금의 틈도 내주지 않는 차지현으로부터 멀어지려는 그때, 민재는 차지현에게 아쉬운 소리를 할 수밖에 없는 불의(?)의 사건을 맞닥뜨린다.

5. 나오며

웹툰과 웹소설은 IP 사업의 폭발적인 확장이 이루어졌지만, 급속한 성장은 가장 기본적인 문제들에 대한 해결책을 마련할 시간을 주지 않았다. 단순히 사업 확장과 수익 창출에만 집중했기에 간과되었던 문제들이 오늘날 한계점으로 드러나고 있고 사업 전반을 위협하고 있다고 해도 과언이 아니다. 첫번째는 IP의 제한적 활용 문제다. 한국에서는 장르의 이동을 통해 재생산이 이루어지는 경우가 대부분이다. 즉 웹소설과 웹툰이 인기를 얻으면 그것이 영상화되어 다시금 인기를 얻는 식이다. 하

[그림9] 〈김비서가 왜 그럴까〉 웹소설 /드라마/ 웹툰

지만 장기적인 관점으로 보았을 때 이는 분명한 한계가 존재하며, 때문에 다차원 세계관 형성을 통해 원천 스토리를 각색하고 매력적인 캐릭터 라이징을 위해 노력할 필요가 있다. 이는 IP의 새로운 가능성을 발견하고 콘텐츠 IP를 적극적으로 활용할 수 있는 방안이 될 것이다. 두 번째는 양질의 콘텐츠 생산의 문제다. 웹콘텐츠는 짧은 분량으로 인해 형식적인 한계가 존재하며 특정 인기 장르의 경우 양산형 소설들로 인한 질적인 저하 문제를 피할 수 없다. 글로벌 시장으로의 진출을 위해서는 이러한 한계를 극복하고 장르의 다양성이라는 웹툰과 웹소설의 장점을 살리려는 노력이 필요하다. 때문에 창작자들이 양질의 콘텐츠를 생산할 수 있도록 체계적인 시스템 구축과 제도적인 기반을 마련하여 안정적인 환경을 갖출 수 있게 지원하는 것이 중요하다. 이

를 통해 장르의 인기에 편승하여 단순히 수익을 올리려는 시도가 아닌, 창작자의 창의성을 바탕으로 한 작품 제작이 가능해질 것이다. 마지막으로는 IP의 불법 복제 문제다. 이는 오래전부터 지속되어온 심각한 문제이며 빠른 시일 내에 해결되지 않는다면 IP 사업의 발전 자체를 가로막는 걸림돌이 될 것이다. 창작자들의 콘텐츠 생산 의욕을 저하시키는 주된 요인이기에 이를 위한 해결책 마련이 시급하다. 이를 위해 불법 사이트를 지속적으로 모니터링할 수 있는 시스템 구축과 법적인 통제가 이루어져야 하며, 해외로의 불법 유통 현황에 대해 파악하고 대책을 마련할 필요가 있다. 또한 이용자들의 인식 개선을 위해 불법 사이트 이용에 대해 위험성을 경고할 수 있는 전국적인 캠페인을 지속하여야 할 것이다.

참고문헌

노희준, 「플랫폼 기반 웹 소설의 장르성 연구」, 세계문학비교연구 제64집, 2018.

박애진·전홍식, 『웹소설 작가를 위한 장르 가이드 2: 판타지』, 북바이북, 2015.

손진원·북마녀, 『웹소설 큐레이션』, 에이플랫, 2021.

안상원, 「한국 웹소설 '로맨스판타지' 장르의 서사적 특성 연구」, 인문콘텐츠학
　　　회 55호, 2019.

나무위키 www.namuwiki(책 소개 참고)

하늘달 https://blog.naver.com/boyghdwns/221991037164 (2020.06.05.)

제6장

남성향 한국 웹소설

1. 판타지

판타지는 〈어벤저스〉, 〈트와일라잇〉, 〈헝거게임〉 등의 헐리우드 대작 영화들과 게임으로 친숙해진 장르다. 기발하고 환상적인 비주얼, 가공의 세계관을 따르는 이야기에서 사람들은 현실을 벗어나 쾌감을 느낀다. 판타지의 세계는 우리가 사는 곳과 비슷할 수도 있지만, 현실에 얽매이지 않기에 궁극의 상상력을 발휘할 수 있는 장르이기도 하다. 판타지의 세계에서는 마법이나 과학기술, 외계인, 가상의 종족처럼 우리의 현실에는 존재하지 않는 것들이 등장한다. 이러한 가상의 세계를 움직이는 '세계관'의 설정은 무척 중요하다. 판타지는 가공의 세계를 무대로 하지만, 괴물이 나오든 마법이 적용되든 결국은 그 세계를 살아가는 이들의 '삶의 이야기'다.

1) 역대급 영지 설계사 (글: 문백경 / 그림: 망기)

소설 속 귀족이 된 토목공학도 김수호. 그런데 뭐? 내 영지가 곧 망할 거라고? 그럼 살려야지. "전 대륙이 기다려온 특별한 기회! 퍼펙트한 교통, 최상의 학군, 쾌적한 숲세권, 원스톱 프리미

[그림1] 〈역대급 영지 설계사〉

[그림2] 〈지구식 구원자 전형〉

엄 영지 라이프의 프론테라 남작령이 여러분을 기다립니다. 선착순 분양계약 중!"으로 이야기가 시작된다.

2) 지구식 구원자 전형 (글: 외투 / 그림: 틸테)

여느 때와 같았던 월요일 오전 8시. 전 세계의 인간에게 '지구'가 말을 걸었다. "주민 여러분, 나쁜 소식을 전하게 되어 유감입니다. 우주에 의해 제 수명이 다 되었다는 판정이 내려졌습니다. …… 지금까지 지구였습니다. 죄송합니다." 게이트를 통해 등장하는 끔찍한 존재들과 구원자라는 이름으로 선택받은 자들. 인간의 존엄이 짓밟히는 파멸 속에서 전직 게임사 말단 대리, 현직 구원자 박정우, 세상을 구하려는 그의 일대기가 시작된다.

3) 처음부터 다시 쓰는 엑스트라 (글: 김신우 / 그림: 틸테)

"축하드립니다! 귀하가 쓰신 소설을 면밀히 검토한 결과, '던전도 사회도 괴물로 가득 찬 세상'이 장난스러운 신의 선택을 받게 되었습니다." "소설 '던전도 사회도 괴물로 가득 찬 세상'의 프롤로그가 시작됩니다." 심심풀이로 썼던 소설, 『던사괴』 속으로 들어왔다. 그런데……. '당신의 작품 속 계층은 5급 엑스트라입니다.' "주요 사건에서 '5급 엑스트라'의 사망 확률은 99%입니다." "이럴 줄 알았으면 그냥 내 마음대로 쓰는 건데!" 엑스트라 이도현이 그리는 원작 초월 이야기다.

[그림3] 〈처음부터 다시
쓰는 엑스트라 〉

4) 이세계 강셰프 (글: 바나바다 / 그림: menpo)

2019 지상최대공모전 수상작! 꿈을 좇던 요리사 강태양. 어느 날, 한순간의 선택으로 그는 모든 것을 잃었다. 하지만 일용직을 전전하며 희망 없는 하루하루를 보내던 태양에게 기회가 찾아왔으니. '아우로라, 직원 모집 중.' 단 한 줄의 문장이, 그의 모든 것을 바꿔 놓았다!

[그림4] 〈이세계 강셰프〉

2. 현판(현대 판타지)

'현대 판타지'는 판타지에서 분리된 장르로 판타지의 배경이 현대가 된다. 즉 현시대를 살아가는 인물이 초능력과 같은 특별한 힘을 얻거나 환생과 같은 특별한 사건을 겪는다는 내용을 주요 모티브로 한다. 보통 줄여서 '현판' 또는 '현대물'이라고 일컫는다. 웹소설이 대중문학의 한 갈래인 점을 고려하면 결국 대리만족적 요소가 많을 수밖에 없다. 따라서 많은 현대 판타지물은 주인공의 특별한 능력이나 주인공이 겪게 되는 특별한 사건이 부나 명예와 같은 세속적 성공을 얻는 데 활용되는 양상으로 서사가 전개된다.

하위 장르로는 헌터물, 전문가물, 스포츠물, 연예계물, 정치물, 기업물, 좀비물, 가상 현대 판타지 등이 있다. 헌터물은 '레이드물'이라고도 불리며, 몬스터, 던전 등을 사냥하는 초인들의 이야기다. 전문가물은 직업물이라고도 불리며 소설가, 의사, 검사, 변호사, 기업인, 셰프 등 전문적인 직업인의 이야기를 다룬다. 스포츠물은 운동선수인 주인공을 내세우는 웹소설이다. 전문가물의 하나로 분류하기도 한다. 연예계물은 영화배우, 탤런트, 가수, 또는 그 매니저, 아니면 감독이나 PD 같은 연예계 관련 직업을 다룬다. 이 또한 스포츠물과 마찬가지로 전문가물의 하나로 취급되기도 한다. 정치물은 반드시 정치인만을 대상으로 하는 것은 아니고 권력 다툼과 같은 정치적인 요소가 주된 내용이면 정치물로 분류된다. 따라서 기업물도 사내정치적 요소가 강하다면 정치물로 분류될 수 있다. 그러나 뚜렷한 구분이 있는 것은 아니다. 또 현대 판타지가 아닌 전통 판타지나 무협 등의 경우에도 정치적인 요소가 있을 수 있고, 현대 판타지 내의 다른 장르에서도 정치적 요소는 상당히 많이 발견되므로 정치물은 실제 정치계를 배경으로 하는 것으로 범위를 제한해야 한다는 의견도 있다. 기업물은 기업을 통한 주인공의 성장과 성공을 주된 내용으로 한다. 주로 자본주의 사회의 첨예한 갈등 구조를 다루게 된다. 좀비물은 최근 IP 확장이 많이 생겨나는 장르로 좀비와 싸우는 서사구조가 주된 내용이다. 변형된 좀비물로서 로맨스 등의 요소가 들어가는 경우도 있다. 가상 현대 판타지는 현대를 재구성하는 판타지이다. 현대인 것 같지만, 우리가 살고 있는 실제 현대가 아닌 가상의 현대가 배경이 된다. 어반 판타지에서 갈라진 장르로 보는 견해도 있다. 어반 판타지의 주인공들이 초능력을 숨긴 채 도시에서 생활한다면 가상 현대 판타지는 초능력이 보편화된 세계를 다루게 된다. 히어로물이 가상 현대 판타지의 대표적 사례다.

현대 판타지로 분류되기도 하고 별도로 분리하여 소개되기도 하는 장르 중 대표적인 것 두 가지는 어반 판타지와 아포칼립스물이다. 어반 판타지는 도시에 살고 있는 초능력자의 이야기인데, 전술한 바와 같이 가상 현대 판타지와 달리 현대 자체가 재구성되지는 않는다. 1인 내지 극소수의 초능력자만이 존재한다. 아포칼립스물은 게임적 상황에서 주인공의 생존기를 다룬다. 영화나 게임 등의 IP 확장 요소가 풍부한 장르이기도 하다.

1) 갬블링 1945 (글: 박스오피스 / 그림: OCHEN)

[그림5] 〈갬블링 1945〉

열강의 실력자들이 가득한 거액의 도박판. 살인과 음모가 난무하는 그 위험한 전장에 조선인 청년 하나가 뛰어들었다. 그의 이름은 선우진. 식민지 조선의 빈털터리 고아였지만, 오로지 천부적인 재능과 뛰어난 처세술만으로 이곳까지 왔다. 카드와 대화하고 사람의 마음을 홀리는 천재 도박사 선우진의 짜릿한 모험! 동포들의 눈물을 닦아주던 그가, 이제 조국의 명운을 위한 거대한 도박을 시작하려 한다.

[그림6] 〈리턴투플레이어〉

2) 리턴 투 플레이어 (글: 인덱스 / 그림: 엔티)

게임은 클리어했지만, 그 끝은 배드엔딩

이었다. 인류의 종말. 살아남은 플레이어는 단 한 명. 모든 것이 끝나던 그 순간, 인류 최후의 플레이어는 하나의 메시지를 받게 된다.

3) 내 안에 축신강림 (글: 강로이 / 그림: 구르몬)

인테르나치오날레의 황제. 아버지의 죽음 이후 갖은 기행을 일삼다 37세 나이에 변방 리그로까지 내몰렸다. 그런데……. "내가 호세 카푸라고?" 아서는 어처구니가 없었다. 정신을 차린 순간, 인테르나치오날레의 황제였던 또 다른 기억이 머릿속에 스며들었으니까.

[그림 7] 〈내 안의 축신강림〉

4) 신의 메스 (글: 13월생 / 그림: 자라)

7시간 35분 21초, 20초, 19초……. 흉부외과 최고 서전, 박상우. 불의의 사고로 인턴 시절로 회귀하다! 어느 날, 그의 눈에 환자들의 잔존 수명이 보이기 시작하는데…….

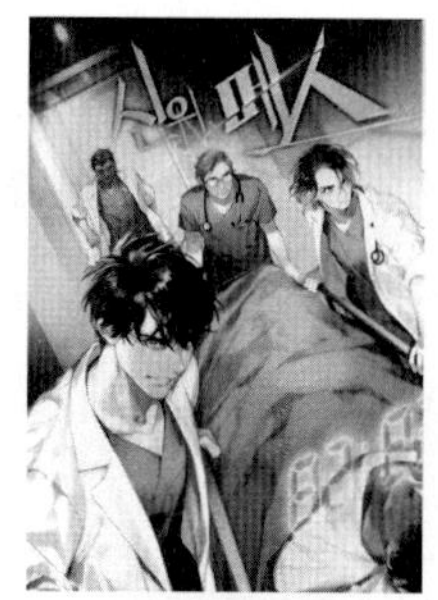

[그림8] 〈신의 메스〉

3. 무협

무협의 대표적인 종류로는 학사물, 호위물, 성장물, 먼치킨물, 표사물, 녹림물, 살수물, 무림맹, 마교, 도사물, 선협물, 관리물, 회귀물, 망나니물, 환생물, 독보강호물 등이 있다.[1] 그중 학사를 주인공으로 한 서사가 가장 대표적이다.

학사물의 가장 큰 장점은 무림 및 세계관을 설명하기 수월하다는 데서 찾을 수 있다. 무림이라는 공간에 대해 전혀 모르는 주인공에게 주변 인물이 이를 설명해주거나 주인공이 무림에 대해 배워나가는 과정을 통해 세계관이 자연스레 드러난다. 그래서 무공을 모르는 학사가 주인공이어도 주변 인물들의 설명을 통해 오히려 더 꼼꼼하게 서사를 전개하는 것이 가능하다. 또한 학사형 주인공들은 무림이라는 세계를 이해하거나 혹은 갈등하기 때문에 이를 통해 일종의 치외법권 지대 같던 무림의 폭력성과 그로 인한 이질감도 일정 부분 해소된다. 왜 하필 무림인지, 그리고 여기는 어떻게 국가라는 틀 안에서도 폭력을 기치 삼아 존재할 수 있는지를 국가에 소속되거나 소속되고자 했던 주인공을 통해 바라보면서 이해할 수 있는 토대가 생기는 것이다.[2]

---

1   하늘달 (2020.06.05.) https://blog.naver.com/boyghdwns/22199 1037164
2   손진원·북마녀, 『웹소설 큐레이션』, 에이플랫, 2021.

1) 천하제일 대사형 (글: 북미혼 / 그림: 아이너)

정사대전이 끝나고 2년, 고향으로 돌아온 최강의 대사형 혁무상. 그가 원하는 건 사랑하는 사제들과 작은 무관을 꾸리는 것 하나뿐이다. 하지만 무림맹의 여협 모용검화를 시작으로 과거의 인연이 이어지고, 혼탁한 강호는 대사형의 분노를 재촉하는데……. "사부님이나 사제들에게 무슨 일이 생기면…… 나, 완전히 돌아버릴지도 몰라."로 이야기는 전개된다.

2) 천하제일역졸 (글: gonnagetya / 그림: 효모)

천하에서 가장 강한 열 명, 무림십좌(武林十座)! 그중 일인(一人), 검주(劍主) 만우! 머슴 출신이지만 중원무림을 독보하는 가장 강한 열 명 중 한 명이 되어 조선으로 돌아온 만우. 인연을 찾아 조선에 돌아와 보니 집안은 풍비박산이 나버렸고 사람들은 찾을 길이 없는데……. 그러는 와중, 조선의 임금은 함흥차사 대신 만우가 가달라고 부탁하게 된다. 그런데 어사가 아닌 역졸이다? "왜 난데?!" 천하제일역졸. 중원을 독보하던 만우의 조선 독보가 시작된다.

3) 고인물, 무림에 가다 (글: 갈드 / 그림: noaru)

오직 나만이, 모든 무공을 알고 있다. 가상현실 무협 게임 〈무신지로〉 랭킹 1위. 무신(武神) 천화. 그러나 무신이라는 별호보다 고인물 중의 고인물, 혹은 썩은 물이나 석유, 고인물들의 왕으로 더 많이 불리던 존재. 모든 중요 분기 임무를 마친 그의 눈앞에 새로운 세상이 펼쳐졌다! "이건…… 무신지로랑 똑같잖아?" 현실이 된 게임 속 세상. 그런데 플레이어는 나 혼자뿐이다? 심지어 게임 초창기로 초기화되기까지? "개꿀이네. 기연이든 뭐든 혼자 다 해먹을 수 있다는 소리잖아?" 고인물 천화의 독식강호가 시작된다.

4) 사신빙의 (글: 이루성 / 그림: 코개)

사신 사주명, 태사세가 막내아들로 빙의하다. 현(現) 사파 무림 최강자, 귀곡맹의 곡주인 사주명. 부곡주의 음모에 휘말려 죽을 위기에 처한다. 그러나 죽기 직전에 영혼 상태로 탈출에 성공한다. "이걸로 나를 죽였다고 생각하지 마라. 다시 네놈 앞에 나타나 그대로 갚아줄 테니." 사주명이 눈을 뜬 곳은 정파의 한 축을 맡고 있는 태사세가. 게다가 내공 한 줌 없는 자신의 몸. "이 몸이 그러니까…… 며칠 전까지 글만 읽던 몸이라고?" 울던 아이도 그치게 만들었던 그 이름. 사신, 사주명. 태사진이라는 이름으로 복수를 다짐한다.

4. 기타 (SF, 스릴러, 미스터리, 추리)

로맨스, 판타지, 무협은 현재 종이책에서는 거의 만날 수 없다. 추리, 범죄 스릴러는 원래부터 종이책 기반의 장르소설이 강세였다고 생각된다. SF는 인터넷 연재의 역사가 있고 팬덤들도 형성돼 있으나 현재 웹소설에는 하위 장르인 시간물 정도만이 인기를 끌고 있을 뿐이다. 팬덤 문화는 웹소설 플랫폼에서는 그 성격과 방식에서 많은 변화가 예상된다. 이는 장르문학, 인터넷소설이 웹소설로 화려하게 부활한 것으로 보기보다는 장르와 매체 사이에 쌍방향적 선택이 일어난 것으로 보는 것이 온당할 듯하다. 즉 기존의 장르소설(인터넷소설을 포함하여)이 '종이책'과 '플랫폼' 중 자신에게 더 잘 맞는 매체와 결합한 결과다. 기본적으로 추리, 범죄 스릴러, SF는 어느 정도의 인내력과 집중력을 요하는 장르다. 추리의 경우는 앞의 단서를 기억해야 뒤의 스토리를 이해할 수 있는 형식의 장르다. 긴 호흡의 독서가 필요한 것은 범죄 스릴러도 마찬가지다. SF는 작가 개인의 과학관과 세계관을 관철시켜야 하는 장르이며 새로운 지식의 제시라는 방식은 웹소설 연재에 맞지 않다.

카카오페이지와 CJ ENM의 경우, 장르물을 공동으로 공모하였고 2016년부터 연재 및 영상화에 적합한 웹소설로 추리·미스

터리·스릴러 요소가 가미된 복합 SF, AI, 근미래 등 과학적 요소
도 복합 장르물 키워드 예시로 선정했다.

1) 끈 (글: 김서진 / 그림: 마끼)

한 여배우의 죽음을 둘러싸고 벌어지는 오컬트 미스터리 스
릴러. 십대 시절을 함께 보낸 주영, 미령, 현우는 우정과 사랑이
라는 끈으로 묶여 있다. 16년 후, 한 여배우의 죽음을 계기로 검
사와 경찰, 그리고 목격자가 되어 세 사람이 재회하는 순간. 과거
의 비밀들이 하나씩 벗겨지면서 이들을 묶고 있던 끈의 실체가
드러난다.

2) 복수 법률사무소 (글: 도진기 / 그림: 괴선생)

법의 이름으로 모든 것을 빼앗긴 천재 소년. 아버지를 살해한
악마 양다곤은 테슬라와 어깨를 견주는 글로벌 자동차 기업의
회장이 되어 있고, 법으로 빼앗긴 것은 법으로 되찾는다! 변호사
가 된 윤해성은 수상한 인물들을 모으기 시작한다. 직원 달랑 두
명의 법률사무소는 한국을 주무르는 거물, 양다곤을 무너뜨릴
수 있을까?

3) M게임스쿨 (글: 해소린)

수련원에 고립된 고등학생들이 생존을 위해 고군분투하는 과정을 그려낸 스릴러 드라마. 기억을 잃은 채 낯선 학교에서 눈을 뜬 도준, 11명의 사람들과 목숨을 건 마피아 게임을 시작한다.

4) 타임 리벌스 수사대 (글: 공한K)

과거로 돌아갈 수 있다면 당신은 무엇을 하고 싶은가? 시간여행이 가능한 시대가 도래하고 시간여행자들의 일탈이 시작된다. 과거 사건들을 이용해 돈을 벌고, 자신의 삶을 바꾸려는 자들이 생긴다. 이러한 자들을 타임브레이커로 명명하고, 이들을 검거하는 수사대가 창설된다. 그것이 바로 타임 리벌스 수사대(Time Reverse Unit)다. TRU는 타임브레이커들을 찾아 그들을 검거하고, 다시 과거로 돌아가 원상태로 돌려놓는 임무를 맡아 수행한다.

5. 나오며

이상으로 한국 웹소설 사례를 중심으로 현황을 살펴보았다. 로맨스, 로맨스 판타지, BL과 같은 여성향 서사이든 판타지, 현대 판타지, 무협과 같은 남성향 서사이든 결국 중요한 것은 독자들과의 공감이라고 하겠다. 웹소설 세계의 공감은 웹 특유의 독특한 어법을 바탕으로 한다. 이 어법을 제대로 이해하고 수용하지 못하면 웹소설 세계를 제대로 이해할 수 없게 된다. 개요 부분에서 언급한 대로 리터러시의 문제가 되는 것이다. 리터러시란 결국 글을 읽는 종이책에서 글을 듣는 오디오북, 그림과 글을 보며 읽는 웹툰·웹소설 모두에 필요하다.

참고문헌

네이버 웹툰 https://comic.naver.com/webtoon

노희준, 「플랫폼 기반 웹 소설의 장르성 연구」, 세계문학비교연구 제64집, 2018.

박애진·전홍식, 『웹소설 작가를 위한 장르 가이드 2: 판타지』, 북바이북, 2015.

손진원·북마녀, 『웹소설 큐레이션』, 에이플랫, 2021.

안상원, 『한국 웹소설 '로맨스판타지' 장르의 서사적 특성 연구』, 인문콘텐츠학
회 55호, 2019.

나무위키 www.namuwiki(책 소개 참고)

하늘달 https://blog.naver.com/boyghdwns/221991037164 (2020.06.05.)

제7장

일본, 대만, 북미 웹소설

1. 일본의 웹소설

1) 일본 인터넷 소설의 특징

일본의 웹소설은 인터넷을 통해서 전문이 공개되어 있는 소설을 말하며, '온라인 노벨', '인터넷 소설'로도 불리고 있다. 인터넷은 문자 정보가 주체가 되기 때문에 문장을 쓰는 능력만 있다면 누구라도 작품을 발표할 수 있으며, '소설가가 되자(小説家になろう)'와 같은 소설 투고 사이트도 다수 존재하고 있다. 또한, 여중고생의 이용이 많은 모바일 사이트에서는 모바일의 특성을 십분 살린 휴대폰 소설이 독자적인 장르로 발표되고 있다.[1]

이러한 웹소설 사이트의 특성은 기성 작가뿐만 아니라, 신인 작가, 작가 지망생을 불문하고 다양한 개인이 소설, 라이트 노벨, 코믹 등의 콘텐츠를 올리고 있다는 점이다. 또한, 일본의 웹소설 사이트는 무료로 읽을 수 있는 온라인 소설 사이트, 출판을 목적으로 하는 투고형 소설 사이트 등 다양한 형태가 존재하고 있다.

---

1   이용준·최연, 「외국 웹소설의 현황과 특성을 통해 본 국내 웹소설 발전의 시사점」, 한국출판학연구 제43권 제3호 통권 제79호, 한국출판학회, 2017.

2) 수익구조의 다변화

일본의 웹소설은 일찍부터 온라인에서 인기를 얻은 작품이 출판으로 연결되는 경향이 많았으며, 또한 드라마와 영화로도 활발히 제작되었다. 〈전차남〉, 〈천사의 사랑〉, 〈연공〉, 〈마법과고교의 열등생〉, 〈이 멋진 세계에 축복을〉 등이 웹소설을 원작으로 영상화된 작품들이다. 특히 일본에서는 웹소설 연재 사이트에서 인기를 얻은 작품들이 단행본으로 다시 출간되어 인기리에 판매되는 방식이 대세를 이루고 있는데, 웹소설 연재 작품은 무료로 이용하게 하고 인기 있는 소설은 단행본으로 출간하여 수익구조를 맞추는 방식이 많이 사용되고 있다.[2]

3) 주요 인터넷 소설 플랫폼

일본의 주요 웹소설 플랫폼으로는 소설가가 되자, 카쿠요무, 하멜른, pixiv, 알파폴리스, 녹턴 노벨즈, 문라이트 노벨즈, 에브리스타 등이 있다. 이 중에서 눈여겨 보아야 할 플랫폼은 '소설가가 되자(小説家になろう)'다. 일본 인터넷상에서는 줄여서 '나로(なろう)'라고 부르는 경우가 많다.

일본의 소설 투고 사이트 사이에서는 가장 대형화되고 대중화

---

2   이도경, 「단행본 시대에서 웹연재의 시대로」, 『기획회의』 446호, 출판마케팅 연구소, 2017.

된 곳으로, 일반적인 판타지 소설뿐만 아니라 성인용 소설을 투고하기 위한 하위 사이트인 '녹턴 노벨즈(남성독자대상)'와 '문라이트 노벨즈(여성독자대상)'도 존재한다. 또 휴대폰 전용 연애 소설 투고 사이트인 '라부노벨'도 운영한다. '소설가가 되자'는 웹에서도 집필이 가능하고 핸드폰에서도 집필과 열람이 가능하다.

'소설가가 되자'와 더불어 가장 눈여겨보아야 할 플랫폼은 '카쿠요무(カクヨム)'다. 카쿠요무는 KADOKAWA에서 운영하며 '소설가가 되자'와 더불어 일본 인터넷 소설의 양대 플랫폼으로 평가받고 있다. 출판사가 운영하는 플랫폼이기 때문에 해당 출판사나 계열 출판사를 통해 작품을 발매하기가 상대적으로 용이하다. 또 출판 이외에 광고 게재 수익을 작가들에게 나누어 주기도 하는 특징이 있다. 조회 평가 시스템에 있어서도 완전한 익명이 아닌 어느 유저가 자신의 소설에 평가를 남겼는지 확인할 수 있으므로 작가들끼리 알음알음 상호평가를 해주는 구조가 확대되고 있다. 이는 장단점이 있는데, 평가의 절대 수치가 늘어 작가들에게 격려가 되는 측면이 있지만, 반대로 평가의 왜곡을 가져올 수도 있다. 유저 친화적인 카쿠요무의 특성이 반영된 것 중 하나는 유저에게 스스로 이벤트를 개최할 수 있는 권한을 부여한 사실이다. 물론 서로 정해진 평가점수를 부여하기 같은 담합이나 오프라인 만남 등은 금지된다. 하지만 '무조건 방문해준 상대방

의 소설에 대한 코멘트를 달겠다' 등의 이벤트는 마치 네이버 블로그에서 이웃끼리 서로 방문해서 댓글을 다는 형태처럼 활성화되어 작가들의 창작의욕을 강화시키고 있기도 하다.

또 하나는 메이저 소설 플랫폼 '에브리스타'가 있다. 에브리스타는 연애 소설, 판타지 소설, 호러 소설 등등 다양한 장르의 소설 등이 연재되는 사이트다. 연애 소설 중에는 BL 소설의 인기도 높다.

2. 대만의 웹소설

1) 대만 출판 콘텐츠의 변화

대만 국가도서번호센터의 ISBN과 CIP의 도서 리스트 자료 신청 데이터에 따르면, 2015년 현재 총 5,030개 출판사가 있고 39,717종의 도서를 출간했다. 2014년보다 출판사는 57개가 감소되고 출간 수량 또한 1,881종이 줄었다. 2013년과 비교해보면 2,401종이 감소되어 10년 동안의 최저점이 되었다. 출간 수량이 계속 떨어지는 이유는 경제 불황, 전통적 종이책 대신 인터넷 콘텐츠를 구독하는 소비 패턴의 변화, 대중들의 도서 구매

의향 감소로 정리해볼 수 있지만 출판업자의 투자 의지가 계속 떨어지는 것도 한 원인이다.

산업 현황을 보면, 실체 도서는 영상·음성·디지털 등의 엔터테인먼트와 결합했을 때 경쟁력이 높아지는 현실과 구독 형태의 변화에 큰 충격을 받아 앞에서도 보았다시피 최근 10년간 일반 부문과 전문 부문 모두 지속적으로 상승하기는커녕 심지어 떨어지는 추세다. 전체 경제의 미래 불확실성과 출판산업의 새로운 비즈니스 모델이 아직 완전히 구축되지 못한 상황에서 소비자가 도서구매 예산을 늘리기는 어렵기에 앞으로도 계속 예전 상황의 유지 내지는 쇠퇴할 것으로 예측된다.

하지만 희망적인 상황은 많은 출판업자가 디지털 콘텐츠 판매 시장의 성장세를 긍정적으로 바라보는 것이다. 게다가 관련 플랫폼이 계속해서 출현하고 있기에 미래 시장에서는 디지털 콘텐츠 수입이 크게 성장했다.

2) 대만의 웹소설 대표 플랫폼

2009년에 설립된 '포포원창'은 현재 대만에서 가장 큰 웹문학 플랫폼이다. 유료로 작품을 판매하는 일류 작가는 대만 돈으로 매달 약 5만(한국 돈으로 약 180만)원을 벌 수 있고, 작년까지 이미 손익분기에 이르렀다. 포포원창 대표인 오문취(伍文翠)의 말에 의하면 사이트가 설립된 지 얼마 지나지 않아 웹문학에 관한 IP 산업의 길을 모색하기 시작했다고 한다. 현재 포포원창의 저작권센터는 유명한 대중화권 드라마나 영화 제작사들, 투자자들과 제휴를 맺고 2014년부터 작품을 영상화로 만드는 권한을 부여해준다. 그리고 자금 투자자의 절반 이상은 중국 사람이다.

포포원창의 경영 이념은 좋은 스토리를 끊임없이 발굴하는 것이라고 한다. 대만이 중국만큼 IP 산업 환경을 발전시키는 데에는 다소 어려움이 있겠지만, 노력해서 IP 창의의 발원지가 되기를 희망하고 있다. 또한 오문취는 시야를 대만뿐만 아니라 전체 중화권으로 넓혀야 한다고 생각한다. 「화천골」을 예로 들면 시장은 종합 브랜드와 파생상품 가치가 20억 위안, 대만 달러로 환산하면 약 100억 위안에 달할 것으로 추산하고 있으며, 산출 가치는 굉장하다.[3]

텐센트(Tencent)는 '범-엔터테인먼트(pan-entertainment)' 전략을 제안한 최초의 회사로, IP 라이선싱을 핵심으로 하는 다중 분야 및 교차 플랫폼 비즈니스 확장을 개발하는 것이 경영전략이다. 2015년 1월, Tencent는 중국 최대 온라인 문학 플랫폼으로 중국

---

3   https://www.bnext.com.tw/article/40546/BN-2016-08-09-175143-178, 검색일자: 2021.11.29.

문학 그룹을 설립했다. 또한 텐센트 애니메이션, 텐센트 게임 및 텐센트 영화는 텐센트의 IP 엔터테인먼트를 구축하여 알리바바(Alibaba)와 바이두(Baidu)에 뒤지지 않는다. IP를 핵심으로 하는 엔터테인먼트 생태계를 구축했다.

3) 대만의 대표 웹소설

가장 눈에 띄는 웹소설은 〈첫 번째 친밀한 접촉〉이라고 할 수 있다. 초창기 웹분학인 〈첫 번째 친밀한 접촉〉이 인터넷에서 인기를 모으자 몇 개월 후인 1998년 9월에 대만에서 종이책으로 출판되었다.

웹소설이 영화화되어 웹소설 작가로 유명한 사람으로 구파도가 있다.

〈그 시절, 우리가 좋아했던 소녀(我們一起追的女孩)〉(2011)의 열풍 때문에 감독 겸 작가인 구파도는 사람들 사이에서 전보다 더 많은 주목을 받았다. 2000년 인터넷으로 첫 작품을 올린 이래 2012년도까지 구파도는 책을 60편이나 출간했다. 그중 많은 작품이 영화, 드라마, 무대극, 게임 등 다양한 형태의 상품으로 2차 제작되었다. 구파도의 작품은 분야를 가리지 않는다. 블랙코미디, 황당한 스릴러, 로맨틱한 스토리, 심지어 판타스틱 무협 소설도 있다. 2010년 중학생 읽기 설문조사에서 구파도는 대만의 중

학생들이 가장 좋아하는 작가로 선정되기도 했다.

2000년에 '구파도'는 그의 작품을 BBS에 발표하고 첫 장편 소설을 출판사에 투고했다. 그때부터 그는 구파도라는 필명으로 창작을 시작했다. 첫 소설의 매출은 매우 부진했지만 구파도는 여전히 자신이 성공할 것이라고 믿고 창작을 포기하지 않았다. 2000년 1년 동안 소설을 5편이나 냈다. 그러나 그때도 구파도는 아직 유명하지 않을 때였다. 2004년 10월부터 2005년 12월, 그는 13개월에 14편의 소설을 쓰는 기록을 세웠다. 동시에 그의 작품도 베스트셀러가 되기 시작했다. 구파도의 작품 스타일이 매우 다양하고 그중에 『그 시절, 우리가 좋아했던 소녀』는 구파도가 겪은 학창시절의 사랑 이야기라서 독자들은 여주인공 션자이에 대해 궁금해했다. 2011년 구파도는 감독으로서 그 작품을 영화로 제작했고, 많은 나라에 영화 〈그 시절, 우리가 좋아했던 소녀〉의 열풍이 불었다.

한국에서도 개봉되었던 〈카페, 한 사람을 기다리다(等一個人咖啡)〉도 소설이 원작이다. 〈그 시절, 우리가 좋아했던 소녀〉의 원작, 각본, 연출을 도맡아 대만 청춘 로맨스의 중심으로 인정받는 구파도의 소설을 원작으로 하고 있으며, 그가 직접 시나리오 각색과 제작을 맡아 화제가 되었다.

웹소설(인터넷 문학 IP)을 원천으로 하고 수십 개의 모바일 게임으

[그림1] 〈그 시절 우리가 좋아했던 소녀〉 영화 포스터

로도 파생되었는데 그중 〈화천골〉의 '영화-게임 연계(영상과 게임 동시출시)' 전략이 대성공을 거뒀다. 온라인 주문형 거래량은 200억 회를 초과했으며 모바일 게임의 월 매출은 2억 위안이었다.

구칸(Kukan New Media)의 채가준(蔡嘉駿) CEO는 자신의 IP를 마스터하는 것도 미래의 새로운 시청각 미디어 실현에 중요한 열쇠라고 믿고 있다. 〈화천골〉의 영화-게임 연계는 이미 좋은 성과를 냈고, 구칸 역시 게임 IP를 시작으로 온라인 드라마, 온라인 프로그램과 결합해 대체 영화-게임 연계 시너지를 낼 것으로 기대하고 있다.

3. 북미 웹소설

1) 미국 웹소설

미국은 웹소설을 '웹픽션(Web Fiction)'이라고 부르고 있다. 미국의 웹픽션은 주로 인터넷 기반으로만 이용이 가능한 문학 또는 소설을 말하며, 신문에 연재되던 형태로 온라인에 시리즈로 연재되는 소설을 말한다.

미국의 웹픽션이 주로 이용되는 플랫폼은 블로그나 팬픽션 전문사이트 등이 있으며, 해당 블로그로는 워드프레스(wordpress.com), 텀블러(tmblr.com) 등이 있다. 그리고 전문사이트로는 팬픽션(Fanfiction.net), 픽션프레스(Fiction Press, 팬픽션의 자회사), 타파스(TAPAS) 등이 있다. 또한, 페이스북(facebook), 트위터(twitter), 인스타그램(instagram) 같은 SNS가 웹소설의 주요 유통 창구가 되기도 한다. 미국의 웹소설은 다른 나라와 마찬가지로 영화 또는 애니메이션으로 발전하는 경우가 종종 있으며, 미국에서 웹소설로 성공한 사례는 E.L 제임스(E. L James)의 소설 『그레이의 50가지 그림자(Fifty Shades of Grey)』 시리즈 등이 있다.

미국의 웹소설은 셀프 퍼블리싱(Self-publishing) 플랫폼을 통해서도 발전해 나가고 있다. 즉 스매시워드(Smashwords)나 킨들 다

[그림2] 『그레이의 50가지 그림자』 책과 영화 포스터

이렉트 퍼블리싱(Kindle Direct Publishing), 스크리브드(Scribd) 등의 대표적인 자가출판 플랫폼은 한편으로는 장르문학을 중심으로 하는 웹소설이 미국에서 꾸준히 성장하게 하는 저자의 오픈마켓이기도 하다. 미국의 셀프 퍼블리싱 출판물은 그동안 꾸준히 성장하고 있다.[4]

---

4   이용준·최연, 「외국 웹소설의 현황과 특성을 통해 본 국내 웹소설 발전의 시사점」, 한국출판학연구 제43권 제3호 통권 제79호, 한국출판학회, 2017.

2) 캐나다 웹소설

캐나다에서 유명한 웹소설 사이트로는 왓패드(Wattpad)가 있다. 왓패드는 2006년 캐나다 토론토에서 시작된 자가 출판이 가능한 세계 최대의 전자책 커뮤니티다. '전자책을 위한 유튜브'라고 불리는 왓패드는 이용자가 출판사와 에이전시의 도움 없이도 자신의 창작 스토리를 업로드할 수 있으며, 매일 30만 권 이상의 업로드와 공유가 이루어지고 있다. 장르 측면에서 로맨스·SF·호러뿐만 아니라, 순수문학에 가깝다고 여겨지는 글까지 포용해 다양성을 추구한다.

4. 나오며

이상으로 일본, 대만, 북미(미국, 캐나다) 웹소설 시장의 현황 등을 살펴보았다. 앞서 살펴본 중국 웹소설 시장과 마찬가지로 이들 국가들도 웹소설이라는 새로운 콘텐츠에 커다란 관심을 보이고 있다. 웹소설은 IP 확장이 무궁무진하다고 할 만큼 타 콘텐츠로의 전환이 용이한 콘텐츠라고 말할 수 있다. 우리도 이러한 웹소설의 IP 확장 가능성에 주목하여 업계뿐 아니라 국가 차원에서도 콘텐츠 제작을 지원하고 관심을 보일 필요가 있다.

참고문헌

『미국 웹콘텐츠 현황』, 콘텐츠 산업동향 2015년 23호, 한국콘텐츠진흥원, 2015.

이도경, 「단행본 시대에서 웹연재의 시대로」, 『기획회의』 446호, 출판마케팅연구소, 2017.

이용준·최연, 「외국 웹소설의 현황과 특성을 통해 본 국내 웹소설 발전의 시사점」, 한국출판학연구 제43권 제3호 통권 제79호, 한국출판학회, 2017.

『일본의 웹컨텐츠 현황』, 콘텐츠산업동향 2015년 24호, 한국콘텐츠진흥원, 2015.

장민지, 「새 시장 개척한 웹소설, 새로운 문학 될까」, 『시사인』 493호, 2017.

최준란, 「대만과 한국의 웹출판 비교 연구-웹소설과 웹문학을 중심으로」, 『대만연구』 제11호, 한국외국어대학교 대만연구센터, 2017.

『케이콘텐츠』, 2017년 3·4월호(vol.23), 한국콘텐츠, 2017.

小説家になろう 홈페이지 http://syosetu.com

웹소설 IP 기반의 영화 · 드라마

1. IP 확장에 유리한 웹소설의 특징

웹소설이 영화나 드라마 등의 다른 콘텐츠보다 IP 확장에 유리한 특징이 있다. 그 특징을 보면 다음과 같다.

첫째, 웹소설 창작에 비교적 적은 비용이 투입된다는 점이 웹소설 IP의 확장 가능성을 높인다. 웹툰이나 웹드라마와 비교해 보아도 웹소설은 창작 과정에 소요되는 비용이 낮은 편이기 때문에 IP 활용을 전제로 기획되더라도 이를 활용하는데 큰 부담이 되지 않는다. 둘째, 장르와 다루는 소재에 있어 다양성을 내포하고 있다는 점을 언급할 수 있다. 장르적으로 웹툰에 비해 웹소설이 하위 문화적 특성을 더 많이 품고 있고, 그에 따라 다루는 소재 또한 제약이 없다는 특성이 IP로서 웹소설을 확장시킬 수 있는 가능성을 높인다. 셋째, 웹소설의 텍스트적 속성이 IP로서의 확장 가능성을 강화한다. 웹소설에서는 시공간 묘사가 생략되는 반면 등장인물의 시각에서 인물의 행동을 중심으로 이야기가 전개되어 몰입력을 높인다. 또한 웹툰 IP를 영상화할 경우, 웹툰의 시각적 묘사가 영상화된 콘텐츠 내에서 얼마나 구현되었는지가 대중적 관심사가 되지만, 웹소설 IP를 활용할 경우 시각적

재현의 제약이 적어진다. 넷째, 웹소설은 공동창작의 의미가 포함되어 있다. 댓글을 통한 이용자와의 상호작용은 웹소설 창작 과정에 중요한 부분을 차지한다. 창작자의 관점에서도 웹소설의 대중성을 높이는 전략의 일부로 이용자의 반응을 창작에 적극적으로 개입시킨다. 이와 같은 특성 때문에 웹소설 IP가 확장되는 과정에서 공동창작에 참여했던 이용자를 열정적인 팬덤으로 동반할 가능성이 커진다.[1]

2. 웹소설과 드라마

현재 영상 콘텐츠 시장은 이슈 파급효과의 측면에서 드라마가 주도하고 있다. 그만큼 드라마는 사람들의 주목도가 높은 콘텐츠 영역이다. 워낙 시청자들이 많기 때문에 일정한 시청률만 확보해도 그 숫자가 만만치 않다. 따라서 드라마 콘텐츠는 직·간접 광고 수익 또한 상당히 많게 된다. 이러한 높은 수익성은 드라마가 다른 콘텐츠 영역에서 새로운 스토리를 발굴하려는 의지를 더욱 강화시킨다. 특히 스토리와 대화 중심으로 진행

---

1   강보라·장민지, 「웹소설 IP의 확장 및 콘텐츠 프랜차이즈 전략 - 국내 웹소설 IP의 확장 경향 및 사례분석을 중심으로」, 『문화콘텐츠연구』 23호, 2021.

되는 웹소설의 특성은 드라마와의 정합성이 뛰어나다.

1) 코로나19와 콘텐츠 소비

지난해 코로나19 유행에 동영상, 웹툰 중심이었던 콘텐츠 소비가 웹소설, 전자책(e북) 등 텍스트 콘텐츠로 확대하고 있다. 텍스트 지식재산권 기반의 웹툰, 드라마, 영화 등이 인기를 끌자 원작을 찾는 이들이 늘어난 영향으로 분석된다. 이러한 트렌드에 한국 플랫폼 업계도 앞다퉈 기업 인수·합병(M&A)이나 업체 간 제휴에 적극 나서고 있다. 어느 한 오픈서베이가 지난 2021년 7월 한국 15~59세 남녀 1,000명을 표본 조사한 결과, 텍스트 콘텐츠를 소비한 이용자 중 유료 이용자 비중은 32.4%를 차지했다. 2020년 23.1%보다 10%포인트(p) 가까이 늘었다. 2020년 텍스트 콘텐츠 유료 소비 비중이 전년 대비 0.5%p 늘어난 데 그친 점을 고려하면 급격한 상승세다. 유형별(복수응답 가능)로는 원하는 콘텐츠를 따로 결제하는 '선별구매' 비율이 전년 대비 6.6%p 늘어난 26.5%를, 월정액 '구독'은 5.7%p 늘어난 9.6%를 기록했다. 소비자들은 주로 웹소설과 e북을 보기 위해 지갑을 열었다. 웹소설은 선별구매 비중이 69%, 구독구매가 16%였다. e북은 선별구매 56%, 구독구매 24%였다. 또 월 평균 사용금액은 웹소설이 2

만 2,600원, e북이 2만 6,000원이다.[2]

텍스트 콘텐츠 소비가 늘어난 배경 중 하나로 2차 창작물 홍행에 따른 원작 '역주행'이 꼽힌다. 실제 웹소설 '전지적 독자 시점'은 네이버웹툰 출시 후 더 큰 인기를 끌며 올 5월 기준 누적 거래액 100억 원을 넘어섰다. 월 거래액은 웹툰 연재 이전보다 최대 41배까지 늘었다. 〈선배, 그 립스틱 바르지 마요〉는 2021년 JTBC 드라마로 방영된 이후 원작 웹소설도 홍행, 9월 현재 누적 다운로드 수 120만을 기록했다. 카카오 페이지 웹소설 〈나 혼자만 레벨업〉은 웹툰 효과와 함께 누적 조회 수 4억 2,000만 회를 찍었다. 리디북스도 〈상수리나무 아래〉, 〈마귀〉, 〈티파니에서 모닝 키스를〉 등 웹소설이 웹툰, 드라마, OST 등으로 확장하며 매출도 덩달아 늘어나는 시너지 효과를 봤다. 웹소설, e북의 인지도 상승과 함께 콘텐츠 소비가 다양화되었다는 증거다. 지금까지 동영상, 웹툰에 매몰됐다가 다른 형태의 서비스도 이용하려는 움직임이 나타나고 있고, 음원, 온라인 동영상 서비스(OTT) 등 구독 서비스에 대한 보편화 분위기도 텍스트 콘텐츠 소비에 큰 몫을 하였다고 본다.

---

2   모바일 리서치 오픈서베이, 『콘텐츠 트렌드 리포트』, 2021. (2021.08.09)

2) 미스터리 장르 웹소설을 영상으로 옮긴 드라마 〈저스티스〉

드라마의 주 시청층이 여성들이기 때문에 드라마로 제작되는 대부분의 웹소설은 로맨스 장르다. 그런데 특이하게도 미스터리 장르인 웹소설이 드라마로 제작되었다. 바로 〈저스티스〉다.

네이버 웹소설 〈저스티스〉는 장호 작가의 작품으로 복수를 위해 정의 대신 타락을 선택한 스타 변호사 이태경과 이에 맞서는 과잉기억 증후군의 천재 검사 서준미의 명품 법정 미스터리물이다. 네이버에서 연재될 당시 예상치 못한 반전과 생동감 넘치는 묘사로 연이은 호평을 받았다. 드라마는 원작 네이버 웹소설과 전체적인 분위기나 핵심 메시지는 비슷하나 전개나 요소등 차이점이 분명해 비교하며 보는 재미를 더했다는 평이다. 웹소설에서는 극중 캐릭터 이태경이 진실을 밝히기 위해 힘쓰다 한 사건에서 크게 패소하면서 현 회장과 함께 일하게 된다. 드라마에서는 동생의 죽음으로 무너진 이태경이 복수를 위해 송 회장(손현주)과 손을 잡는 것으로 설정이 바뀐다. 여배우 실종 사건의 핵심 인물인 장영미도 드라마에서 신인 여배우라는 설정은 동일하나 고위층 자녀의 성폭행 피해자로 등장한다. 엔터테인먼트 회사의 여배우 실종사건을 중심으로 펼쳐지는 웹소설과 달리 드라마에서는 원룸 살인사건이 전개의 핵심이 되었다. 이 작품은 원작과 드라마의 결론이 달라지면서 시청자들에게 색다른 재

[그림1] 〈저스티스〉 웹소설과 드라마

미를 주었다.

3) 드라마 각색의 중요성

흔히 '연극은 배우의 예술, 영화는 감독의 예술, 드라마는 작가의 예술'이라고 한다. 텍스트를 다루는 주체를 설명한 말로 이해된다. 더블 캐스팅된 연극 배우들은 각자의 방식으로 텍스트를 해석, 소화, 전달한다. 동일 배우라도 해석이 깊어질수록, 또 배역 소화가 충분할수록 앞선 공연보다 효과적인 다른 표현을 할 수도 있다. 그날그날 배우의 현장 컨디션에 따라서도 표현 방식은 달라질 수 있다. 영화는 시나리오·촬영·음악·미술·편집 등을 망라한 종합예술이고 2시간 남짓의 일정 시간, 스크린이란 특정 공

간에 한정돼 텍스트를 전달하는 장르로서 가장 중요한 통일성
과 방향성을 결정하는 것이 감독이다. 드라마는 영화와 같은 종
합예술이다. 하지만 불특정 시청자 및 안방이란 개방공간을 장악
하기 위한 대사와, 영화에 비해 길고 느슨한 시간을 끌어가는 스
토리가 연출력보다 강조된다. 그리고 그 주체는 작가다. 그런 드
라마 작가의 위상이 요즘 들어 많이 흔들리고 있다. 웹소설·웹툰
등을 원작으로 한 드라마들이 부쩍 늘었기 때문이다. 이런 현상
은 특히 드라마에서 두드러진다. 2014년 〈미생〉, 2018년 〈김비
서가 왜 그럴까〉 등 웹툰 원작 드라마 이후 2020년에는 최고 시
청률 16.5%를 기록한 〈이태원 클라쓰〉를 비롯, 〈철인왕후〉 등 10
편 이상의 웹툰 원작 드라마가 방영됐고. 2021년에도 상반기에
만 SBS 〈모범택시〉, KBS 〈이미테이션〉, 〈멀리서 보면 푸른 봄〉,
JTBC 〈선배, 그 립스틱 바르지 마세요〉, 〈알고있지만,〉, tvN 〈나
빌레라〉, 〈간 떨어지는 동거〉, 넷플릭스 〈좋아하면 울리는〉 등의
각색 드라마가 방송됐다. 이쯤되면 '작가의 예술' 드라마가 점점
'각색의 예술'로 전환되는 느낌이다. 방송사 입장에선 웹툰·웹소
설을 통한 인기 검증을 통해 편성의 위험성을 줄일 수 있고, 향상
된 CG 기술을 다채롭게 활용할 수 있는 다양성에도 매력을 느낄
수 있다. 하지만 각색이 만만한 작업은 아니다. '소설은 가십, 드
라마는 스캔들'이라는 말처럼 가벼운 험담이 충격적인 사건이 되

기 위해선 고도의 압축과 첨예화 과정을 거쳐야 된다. 그러나 몇몇 성공한 사례들에도 불구하고 각색력은 아직 궤도에 오르지 못했다. 2021년 방영된 SBS 드라마 〈홍천기〉는 조선 유일의 여성 화원을 타이틀롤로 한 정은궐 작가의 동명소설을 드라마화했다. 우리의 웹툰·웹소설은 충분히 성장했고 앞으로 계속 성장해 나갈 것이다.

4) 원작의 서사와 드라마 서사의 이질성: 〈김비서가 왜 그럴까〉의 사례를 통해

드라마 〈김비서가 왜 그럴까〉는 2018년 6월 6일부터 7월 26일까지 tvN에서 방송된 16부작 드라마다. 재력, 얼굴, 수완까지 모든 것을 다 갖췄지만 자기애로 똘똘 뭉친 나르시시스트 부회장(박서준)과 그를 완벽하게 보좌해온 비서(박민영)의 퇴사밀당 로맨스 드라마다. tvN 수목드라마 〈김비서가 왜 그럴까〉에서 나르시시스트 부회장 이영준(박서준)이 김미소(박민영)를 향한 심쿵 로맨스를 펼치고 있다. 이영준(박서준)은 극 중 외모부터 능력까지 모두 갖춘 완벽 비주얼의 유명 그룹 부회장이다. 하늘 아래 거리낄 것 하나 없던 이영준(박서준)에게 어느 날 갑자기 던져진 고민거리 하나는 '김비서가 왜 그럴까?'다. "카카오페이지 최고 인기작, 500만 독자의 선택" 블록버스터급 심쿵 로맨스 '김비서가 왜 그럴까'는 원작 정경윤 작가의 저서 『김비서가 왜 그럴까(가하, 2018)』를 극본으로 한 드라마다. 드라마 〈김비서가 왜 그럴까〉는 최고 시청률 8.7%(닐슨코리아)를 기록했으며, 드라마의 정보, 원작, 결말, 공식영상, 회차정보, 인물관계도, 줄거리, 책, 패션 등장인물, 아역, 방송시간, OST 관련앨범, 특별 외전집까지도 시청자들의 관심을 끌었던 인기작품이다.

웹소설을 드라마화한 〈김비서가 왜 그럴까〉(2018)는 5회만에 작가가 교체된 바 있다. 원작을 가진 드라마의 '작가 교체'는 작가와 제작진이 원작에 대한 이해와 해석이 서로 달랐다는 점이 가장 주된 원인이라 할 수 있다. 원작을 드라마화할 때는 배경, 서사, 캐릭터 등 기본 틀부터 작은 에피소드까지 어디까지 차용할 것인가, 또 결말은 원작 그대로 갈 것인가, 완성도나 사정에 맞게 수정할 것인가 등 관점에 따라 다양한 의견이 존재할 수 있다. 작가의 경우 '오리지널 극본'에 비해 창작 고통은 덜하지만 제작진과 조율의 문제가 더 큰 변수로 작용한다.[3] 이와 같이 웹소설을 영상으로 옮기는 작업에서 많은 변수가 생길 수밖에 없다고 본다. 원작의 서사도 중요하지만 변환 작업에서 보면 제2의

---

3   이유진, 「원작有 드라마…왜 작가 교체 잦을까?」, 스포츠경향, 2021.01.21. https://sports.khan.co.kr/entertainment/sk_index.html?art_id,

창작물이기에 매체 특성화가 필요한 것이다.

5) 결국은 로맨스가 드라마의 핵심:
〈쉿, 그놈을 부탁해〉 사례를 통해

스토리위즈(대표 전대진)의 웹소설 〈쉿, 그놈을 부탁해〉(글: 먼나무)가 동명의 드라마로 드라마로 제작되었다. 이 드라마는 스토리위즈의 웹소설 IP를 KT 스튜디오지니가 드라마로 영상화해 KT 그룹 미디어 플랫폼을 통해 유통하는 작품이다. 이는 원천 IP 발굴에서 콘텐츠 제작, 유통 채널까지 연계되는 KT 그룹 미디어 콘텐츠 밸류체인 강화 전략을 실현한 사례로도 주목받고 있다. 스토리위즈는 자사의 웹소설 플랫폼 '블라이스'를 통해 웹소설 IP를 발굴하던 중 무료 연재 중이던 〈쉿, 그놈을 부탁해〉가 드라마 제작을 위한 원천 IP로서 높은 가능성을 지녔음을 확인했다. 이에 스토리위즈는 KT, KT 스튜디오지니와의 협업을 통해 이 IP의 영상화를 추진하며 나아가 정식으로 웹소설 출간 계약까지 함께 진행했다. 일반적으로 웹소설이 드라마나 영화 등으로 제작되기까지는 '웹소설 연재→출간 계약→영상화' 과정을 거친다. 스토리위즈는 이와 달리 무료 연재작의 OSMU(One Source Multi Use) 가능성을 조기에 발굴하고, 원천 IP로서의 가치를 극대화하기 위해 영상화와 출간 계약을 동시에 신속하게 추진했다. 『쉿, 그놈을

[그림2] 〈쉿 그놈을 부탁해〉

부탁해』는 인생에 되는 것이라곤 하나도 없던 세 여자가 우연한 기회로 세상의 빌런들에게 복수를 대신해 주는 네일샵 '네메시스'를 운영하면서 벌어지는 이야기를 그린 코믹 멜로물이다. 3부작인 이 드라마는 OCN 〈그 남자 오수〉, SBS 〈다시 만난 세계〉, KBS 〈스파이〉 등을 제작한 아이엠 티브이(대표: 이영숙)가 제작을 맡고 자인·방사랑 작가가 공동으로 집필했으며, SBS 미디어넷 이정훈 감독이 메가폰을 잡았다.

『쉿, 그놈을 부탁해』의 사례에서도 알 수 있듯이 '네일샵'을 통한 통수라는 특이한 소재를 가진 웹소설 원작의 드라마지만, 결국 '멜로'라고 하는 로맨스 요소 없이는 드라마의 주 시청자층의 취향을 만족시키기가 어렵다. '로맨스'의 위상에 대해서는 본장의 제일 끝에서 별도로 논의하도록 하겠다.

3. 웹소설과 영화

1) 인터넷 문학의 영화화 역사

PC통신 하이텔에서 연재되어 전설적인 인기를 누리며 한국의 판타지 소설의 문을 연 이우혁 작가의 〈퇴마록〉은 1998년 영화화되었다. 영화는 당시 한국 영화에서는 드물게 대규모 제작비를 투입하여 특수효과를 선보이며 총제작 기간 2년에 걸쳐 제작되었다. 영화는 개봉된 지 1주일여 만에 전국적으로 60만 명이 넘는 관객을 동원하였고, 전국 관객 추정 약 150만 명의 기록을 세웠다. 흥행에는 어느 정도 성공하였지만, 원작에 대한 기대 탓인지 다소 실망스러운 작품이라는 평을 얻었다. 하지만 맥스무비가 실시한 '스크린에서 보고 싶은 원작' 설문조사에서 2012년에 14위, 2013년에는 4위를 하는 등 2년 연속 순위권에 포함되었다. 이와 같이 통신 문학 시기에 큰족적을 남겼던 〈퇴마록〉에 대한 독자들의 기대가 첫 영화를 통해 전적으로 충족되었다고 보기 어렵기 때문에 원작 작가를 중심으로 2013년에 〈퇴마록〉의 재영화화가 추진된 바 있다. 이 외에도 〈퇴마록〉은 한국 OSMU 사례의 시초에 해당한다는 점에서 큰 의미가 있다. 〈늑대의 유혹〉은 귀여니의 두 번째 인터넷 소설 작품으로 2004년에 영화로 개봉하였고 누적 관객 수는 약 219만 명을 기록하는 등 큰 인기를 누렸으며, 2011년에 뮤지컬로 만들어지기도 하였다. 〈늑대의 유혹〉은 당시까지의 인터넷 소설의 2차 창작물 중 상업적으로 가장 성공한 사례라고 볼 수 있다. 〈늑대의 유혹〉 이외에도 영화화 된 귀여니의 인터넷 소설로는 〈그놈은 멋있었다〉와 『도레미파솔라시도〉가 있다. 〈그놈은 멋있었다〉는 2001년 집필된 작품으로 인터넷 상에서 신드롬을 일으켰고, 2003년 책으로 출판되어 12만 부가 팔리는 등 베스트셀러에 올랐다. 영화는 2004년 개봉하여 누적관객 수 80만 명을 기록하였고, 같은 해 만화와 모바일 게임으로도 만들어졌다. 모바일게임은 통신서비스업체인 모비아넷이 만든 것으로 원작 소설을 바탕으로 새롭게 구성한 그림소설 형식의 게임이었다. 귀여니의 또 다른 인터넷 소설인 『도레미파솔라시도』는 2008년에 영화 개봉과 함께 만화로도 출판되었으나 영화가 관객 수 19만 명에 그쳐 흥행에 성공하지 못해 이후 귀여니 원작의 영화화는 이어지지 못했다.

앞서 웹소설의 역사에서 잠시 언급되었던 인터넷 소설 〈엽기적인 그녀〉는 1999년 8월 PC통신 나우누리에 연재된 작품으로 김호식 작가의 자전적 이야기를 바탕으로 하고 있다. 당시 나우누리에서 큰 인기를 얻어 2000년 책으로 출간되었으며 2001년에 영화화되었다. 영화는 전국 추산 488만 명의 관객 수를 기록하였고 비디오와 DVD 판매량은 11만장이 넘었다. 한국뿐만 아니라 중국, 홍콩, 일본 등 영화 한류 붐을 일으키는 등 해외에서도 큰 반향을 일으켰다. 미국에서는 2008년 〈My Sassy Girl〉이라는 제목으로 리메이크하기도 했다. 영화 〈동갑내기 과외하기〉는 최수완 원작자가 2000년 6월부터 나우누리에 〈스와니-동갑내기 과외하기〉란 제목으로 연재한 소설을 바탕으로 하고 있다. 이후 만화가 심혜진이 『그 녀석과 나』라는 제목으로 연재하였고, 이후 2001년에 단행본으로 출간되기도 했다. 2003년 들어 〈동갑내기 과외하기〉는 기존의 소설에 로맨스를 추가해 영화로 개봉되었다.[4]

2) OTT 영화 콘텐츠의 원천으로서의 웹소설

네이버의 글로벌 웹소설 플랫폼 '왓패드'를 원작으로 한 영화 〈스루 마이 윈도〉가 넷플릭스 공개 후 전 세계 1위에 올랐다. 네이버가 왓패드를 인수하고 추진한 영상화 프로젝트의 첫 성과

---

4   한국콘텐츠진흥원, 『IP 비즈니스 기반의 웹소설 활성화 방안』, 2018.

다. 이를 시작으로 네이버는 2021년부터 왓패드 작품 100여 편을 영상화하고 해외 각국에서 팬층을 확보, 콘텐츠 사업의 글로벌 확장에 속도를 낸다. 21일 넷플릭스에 따르면 〈스루 마이 윈도〉는 개봉 직후인 지난 7~13일 주간 시청시간 기준 비(非)영어 영화 부문 전 세계 1위를 차지했다. 2016년 왓패드에서 연재를 시작, 누적 3억 4,000만 조회수를 올린 동명의 10대 로맨스 장르 웹소설을 영화화한 작품이다. 이로써 비영어 TV쇼(드라마) 부문 1위 〈지금 우리 학교는〉과 함께 넷플릭스 양대 장르의 정상을 네이버 원작 두 편이 나란히 차지하게 됐다. 스루 마이 윈도는 22개국에서 1위, 85개국에서 10위권에 들었다. 스페인어 작품인 만큼 해당 언어권인 스페인과 남미에서 특히 인기를 얻었다. 네이버 관계자에 따르면 이 영화의 흥행으로 후속작 2편 〈대로(Boulevard)〉와 〈퍼펙토스 멘티로소스(Perfectos Mentirosos·스페인어로 '완벽한 거짓말쟁이들')〉도 최근 넷플릭스 개봉이 확정돼 각각 스페인과 멕시코에서 영화·드라마 제작에 들어간다. 이를 포함해 네이버가 왓패드를 통해 제작 중인 웹소설 원작 영화·드라마는 100여 편이다. 네이버 관계자는 "〈지금 우리 학교는〉〈스루 마이 윈도〉 등이 최근에 보여준 성과는 더 많은 글로벌 팬들에게 원작에 대한 관심을 환기해 웹툰·웹소설의 매출을 올리고, 할리우드를 필두로 하는 엔터테인먼트 업계에서 네이버가 글로벌 지식재산권 비즈니스를 펼칠 기회를 늘려준다"라며 "영상화를 통한 킬러(인기) IP 발굴을 통해 글로벌 시장 공략을 강화할 것"이라고 말했다. 왓패드는 전 세계 이용자 9,000만 명, 작품 10억 개를 확보한 북미 최대 규모의 웹소설 플랫폼이다. 작품의 80% 이상이 영어와 스페인어로 쓰였다. 네이버는 전 세계 인구 대다수를 차지하는 이 언어권 독자에게 친숙한 작품을 확보, 한국 콘텐츠 위주인 자회사 네이버웹툰의 약점을 보완하고자 2021년 5월 왓패드를 인수했다.[5]

4. 웹소설과 E-IP의 확장

1) 소설과 영화의 가교 역할을 하는 영화제

한국에서 열리는 영화제는 다양하다. 크게는 국제영화제, 한국영화제로 나뉘고, 그 아래 지역별, 장르별, 대상별로 영화제를 포함하며 상당히 많다. 흔히 알고 있는 부산국제영화제, 부천판타스틱영화제, 전주국제영화제를 비롯하여 광주국제

---

5   「네이버가 인수한 왓패드, 웹소설 영화로 넷플릭스 1위」, 조선비즈. (2022.02.21.) https://biz.chosun.com/it-science/ict/2022/02/21/GFXK6AOC3NHKPANKNTTKD6RZ2E

영화제, 대구단편영화제, 서울국제영화제, 부산단편영화제, 부천국제판타스틱영화제, 서울독립영화제, 서울국제여성영화제, 서울환경영화제, 제천국제음악영화제, 전주단편영화제, 춘천영화제, 한국퀴어영화제, 디아스포라영화제, 서울인권영화제, 울진산악국제영화제 등이 있다.

실은 영화제와 문학은 떼려야 뗄 수 없는 관계라고 생각한다. 부산국제영화제 기간 동안 벡스코 전시장에서 '아시아필름마켓(Asian Film Market)' 섹션이 열린다. 아시아필름마켓은 국제 영화산업 마켓 중 하나다. 부산국제영화제와 부산프로모션플랜(현 아시아프로젝트마켓)의 성공에 힘입어 2006년에 출범했다. 아시아영화산업의 중심을 꿈꾸며 출범한 아시아필름마켓은 그동안 부산을 찾은 많은 영화인에게 새로운 영화 비즈니스모델을 제시하며 꾸준한 성과를 거둬왔다. 즉 아시아필름마켓은 영화와 관련된 투자, 제작, 판권 구매, 배급, 후반 작업까지 영화산업 전 단계를 아우르는 행사를 말한다. 이 중 '북투필름(Book to Film)'은 2012년부터 시작됐다고 한다. 도서 원작의 2차 판권을 소유한 출판사와 영화·영상산업 관계자가 만나 소설의 영화화 가능성을 모색하는 장으로, 영상화에 적합한 도서 원작이 소개된다.

2) 웹소설과 엔터테인먼트 지적재산권 E-IP

E-IP(Entertainment-Intellectual Property)피칭이란 엔터테인먼트 지적재산권이라는 뜻으로 원소스멀티유즈(One Source Multi Use)가 가능한 출판, 웹툰, 웹소설과 같은 원저작물을 영화·영상·엔터테인먼트산업 관계자에게 소개하는 장이다. 지식재산권을 덧붙여 설명하자면 발명·상표·디자인 등의 산업재산권과 문학·음악·미술 작품 등에 관한 저작권의 총칭이다.

즉 북투필름은 괜찮은 문학작품을 영화로 제작하기 위해 출판사와 영화사가 함께 모여 선정하는 자리이고, E-IP피칭은 가능성 있는 웹툰이나 웹소설을 해당 콘텐츠 관련자들이 나와서 영상 관련자들에게 소개하는 자리다.

E-IP피칭은 2015년부터 시작되었다는데 실시된 지 몇 년 되지 않았는데도 불구하고 다수의 선정작이 다른 플랫폼에서 재생산되며 영화·엔터테인먼트산업 관계자로부터 그 안목을 인정받고 있다. 우리가 잘 아는, 웹툰이 원작인 영화 〈신과 함께〉도 2017년 이곳 마켓 시장에서 선을 보이고 선정되었다. 여기서 〈신과 함께〉의 12분 하이라이트 영상을 마켓스크리닝을 통해 처음 공개했는데 가장 많은 바이어가 참가했으며 선판매도 이루어져 화제가 되었다. 이때 선보인 〈강철비〉도 알고 보면 원작이 웹소설이고, 〈부산행〉 연상호 감독의 신작인 〈염력〉도 이곳에서 선

보였다. 2017년은 위즈덤하우스의 웹소설 『탐정홍련』이 북투필름으로 선정되어 영상화 계약으로 이어졌다. 전래동화 '장화 홍련'을 모티브로 한 이야기로 언니 장화의 억울한 죽음을 파헤치기 위해 동생 홍련이 탐정이 되어 억울한 귀신들의 누명을 풀어주며 언니의 복수를 실행해가는 이야기다. 여기에 세상에서 귀신을 가장 무서워하지만 세상에서 귀신이 가장 잘 보이는 꽃미남 사또와의 러브라인도 있다고 한다. 영상화를 기대해봐도 좋을 것 같다.

실제 참가자들은 "아시아필름마켓은 아시아 영화를 다루는 관계자라면 꼭 참가해야 하는 시장이며, 중소 규모의 회사도 충분히 주목받을 수 있다"고 말한다. 2012년부터 시작한 북투필름과 2015년부터 시작한 E-IP피칭은 점점 커질 수밖에 없을 것이다.

3) 책-영화-음악의 IP 피칭

2019년 '북투필름' 수상작으로는 70대 박막례 할머니의 『박막례, 이대로 죽을 순 없다』가 받았다. 영상화 제작으로 이어진다는데, 반가웠다. 『박막례, 이대로 죽을 순 없다』는 70대에 유튜버가 된 박막례 할머니와 손녀 김유라의 이야기를 담은 에세이다. 박막례 할머니가 유튜브를 하게 된 이유는 손녀 김유라의 권유 때문이다. 평생을 허리가 굽어라 일만 하며 살다가 치매 위험

판단을 받은 할머니를 '이대로 죽게 내버려둘 순 없다'고 생각한 손녀 김유라가 회사를 그만두고 할머니와 호주로 여행을 떠난다. 두고두고 보시라고 그때 찍어 올린 영상이 100만 뷰를 넘기며 박막례 신드롬을 일으켰다. 2020년에는 43년간 식당을 운영하며 손수 요리해온 박막례 할머니의 인생 레시피를 담은 책『박막례시피』도 출간되었다.

2021 제천국제음악영화제에서도 음악영화 제작지원 프로젝트 피칭 행사가 있었다.

2020년에는 제천국제음악영화제 제작지원 프로젝트 장편 지원 대상작인 〈아치의 노래, 정태춘〉이 선정되어 2021년 선보이고, 8월 16일 '세상을 노래하는 음유시인'이라는 이름으로 정태춘·박은옥 콘서트를 가졌다. 2021년에는 윤석호 감독의 프로젝트 〈여름이 끝날 무렵의 라트라비아타〉, 김대현 감독의 〈시스터즈〉를 선정하여 총 1억 원 상당의 제작지원금을 수여하였고, 이규철 감독의 〈장덕을 아시나요〉가 후반작업지원작으로 선정되었다. 장덕 가수는 내가 기억하는 가수다. 죽음 또한 안타까웠는데 잘 영상화되길 바란다. 북투필름에서 나아가 뮤직투필름이다. '책-영화-음악'의 IP의 피칭 영역은 어디까지 커질까.

5. 나오며

언제부턴가 영화를 보면서 원작이 없는지, 원작이 없다면 원작에 가까운 실제 모티브가 되는 역사적 사건은 없는지 늘 떠올린다. '북투필름'의 영향이다. '북투필름', '필름투북' 등 IP의 중요성을 다시금 깨닫는다.

참고문헌

강보라·장민지, 「웹소설 IP의 확장 및 콘텐츠 프랜차이즈 전략 - 국내 웹소설 IP
　　의 확장 경향 및 사례분석을 중심으로」, 『문화콘텐츠연구』 23호, 2021.

김윤수, 「네이버가 인수한 왓패드, 웹소설 영화로 넷플릭스 1위」, 조선비
　　즈. (2022.02.21.) https://biz.chosun.com/it-science/ict/2022/02/21/
　　GFXK6AOC3NHKPANKNTTKD6RZ2E

모바일 리서치 오픈서베이, 『콘텐츠 트렌드 리포트』, 2021.(2021.08.09.)

이유진, 「원작有 드라마…왜 작가 교체 잦을까?」, 스포츠경향, 2021.01.21.
　　https://sports.khan.co.kr/entertainment/sk_index.html?art_id,

한국콘텐츠진흥원, 『IP 비즈니스 기반의 웹소설 활성화 방안』, 2018.

제9장

웹소설 IP 기반의
다양한 비즈니스 모델

1. 웹소설과 웹툰

웹소설과 웹툰의 관계는 가장 강력한 경쟁자임과 동시에 가장 강력한 동반자 관계다. 특히 모바일로 소비되는 매체의 측면에서, 또 영상과 달리 구독자가 읽는 속도를 조절할 수 있는 능동형 소비 측면에서 웹소설과 웹툰은 닮았다. 장르나 소재에 있어서도 웹소설과 웹툰은 흡사한 부분이 많다. 그리고 웹툰이 문자와 그림의 조합이듯이, 웹소설 또한 최근에는 삽화를 거의 집어넣는 추세여서 두 웹콘텐츠의 연관성이 더욱 두드러지고 있다. 이러한 동질성을 기반으로 하여 웹소설과 웹툰 IP 상호간에 확장하는 사례도 많고, 이러한 상호간 IP 확장의 용이성을 위해 아예 상대 플랫폼을 인수하거나 합병하는 사례 등도 자주 나타난다. 구체적으로 살펴보도록 하자.

네이버웹툰이 한국 웹소설 연재 플랫폼 '문피아'에 1,082억 원을 투자한다. 문피아 지분 일부(36%)를 인수하면서 웹소설 사업 확장에 나설 것으로 보인다. 네이버웹툰의 웹툰·웹소설 분야의 지식재산권 확대도 한층 속도를 낼 것으로 전망된다. 네이버는 종속회사인 네이버웹툰이 사업 제휴를 목적으로 문피아 주식

325만 5,511주를 1,082억 4,883만 원에 취득하기로 했다고 2021년 9월 공시했다. 취득 방법은 금전대차의 현물상환 방식으로, 취득예정일은 협의 중이다. 향후 취득 절차가 완료되면 네이버웹툰은 문피아 지분의 36.08%를 보유하게 된다. 문피아는 '웹소설의 유토피아, 글세상 문피아'라는 슬로건 아래 설립된 웹소설 연재 플랫폼이다. 2002년 한국 최초 장르소설 커뮤니티로 문을 열었고, 2013년 정식 사이트를 오픈했다. 최근 한국에선 네이버와 카카오 다음으로 큰 웹소설 플랫폼이다. 현재 4만여 명의 작가, 13만 종의 작품을 보유하고 있으며 아카데미, 공모전과 같은 신인 작가 육성 사업을 비롯해 최근 웹소설 IP 기반의 2차 저작물 사업 확장에도 주력하고 있다. 실제 네이버웹툰은 문피아에서 연재됐던『전지적 독자시점』웹소설을 웹툰화해 연재 중이기도 하다. 네이버웹툰의 문피아 인수설은 지난 4월부터 지속적으로 제기돼왔다. 당초 카카오와 CJ ENM도 문피아 인수전에 이름을 올리는 등 웹소설 시장의 중심에 있었다. 네이버웹툰이 이번 36% 지분 인수에 이어 추가적인 지분 투자 가능성도 열어놓은 만큼 향후 문피아간 협력 관계가 어떤 식으로 변화할지에도 관심이 쏠린다. 네이버웹툰은 2021년 북미 최대 웹소설 플랫폼 왓패드를 인수하는 등 웹툰뿐만 아니라 웹소설 분야의 IP 확장에 열을 올리고 있다. 해외 시장에서도 통할 수 있는 IP 밸류체인을

구축해 글로벌 웹툰·웹소설 1위 자리를 공고히 한다는 방침이
다. 네이버의 문피아 지분 투자도 이 같은 네이버웹툰의 IP 영토
확장의 일환으로 해석할 수 있다.[1]

2. 웹소설과 게임

드라마와 영화제작사 뿐만 아니라 게임사 또한 웹소
설을 원작으로 삼아 게임화하는 움직임이 늘어나고 있다. 웹소
설 〈달빛 조각사〉는 2007년 로크미디어에서 연재가 시작된 이후
2014년 3월 기준 단행본으로 100만 권 이상 팔렸다. 2013년부터
는 카카오 페이지에서도 연재를 시작해 한 달만에 매출 1억 원
을 올린 게임 판타지 장르 웹소설 중 최고의 베스트셀러 작품 중
하나다. 정기구독자만 400만 명에 달했던 이 작품은 온라인 게
임 「리니지」를 만들었던 엑스엘게임즈에서 모바일 게임으로 만
들어 모바일 메신저 '라인'을 통해 일본, 홍콩, 대만을 비롯한 해
외에도 서비스되고 있다. 〈달빛 조각사〉는 2015년부터 카카오페

---

[1] 김정유, 「문피아에 1082억 투자한 네이버웹툰…웹소설 IP 확장 나선다」, 이데
일리. (2021.09.10.) https://www.edaily.co.kr/news/read?newsId=030471266
29178808&mediaCodeNo

[그림1] 〈달빛조각사〉

이지에서 웹툰으로도 연재 중이다. 게임 판타지 웹소설 '메모라이즈'도 슈퍼플래닛에 의해 2017년 4월 모바일게임으로 재탄생했다. '메모라이즈'는 조아라에서 2012년 12월부터 연재된 웹소설로 7,200만의 조회수를 기록하였고, 2015년 12월에는 이미지와 사운드를 입혀 1인칭 주인공 시점에서 게임 플레이하듯이 작품이 전개되어 웹소설의 텍스트 형식과는 또 다른 재미를 느낄 수 있는 비주얼 노벨로 제작되기도 했다. 웹소설 '메모라이즈'의 게임 버전인 '메모라이즈: 기억의 조각'은 원작과 연계성을 높이는 방안으로 캐릭터별로 '기억의 조각'을 수집하면 원작의 이야기를 확인할 수 있도록 구성했다.[2]

3. 웹소설과 단행본 시장

2021년 출간된 싱숑 작가의 『전지적 독자 시점』은 웹소설 플랫폼 네이버 시리즈에서 누적 다운로드 1억 뷰를 돌파한

---

2   한국콘텐츠진흥원, 『IP 비즈니스 기반의 웹소설 활성화 방안』, 2018.

웹소설이다. 싱숑 작가의 『전지적 독자 시점(전독시)』은 출간 당시 서점가 최대 기대작 중 하나가 되었다. 2018년 웹소설 플랫폼 문피아에서 연재를 시작해 2020년 2월 완결된 장편 판타지 소설로, 평범한 회사원이었던 주인공이 어느 날 자신이 읽던 소설 속 세계에 던져지면서 고군분투하는 이야기를 그린다. 문피아 누적 판매 1위와

[그림2] 〈전지적 독자시점〉

웹소설 플랫폼인 네이버 시리즈 다운로드 수 1억 뷰를 넘긴 초대형 작품으로, 단일 작품 수입만 100억 원이 넘는다. 동명의 웹툰으로도 제작됐으며 영화 〈신과 함께〉 제작사에서 현재 영화화가 진행 중이기도 하다. 웹소설계 '레전드'로 꼽히는 〈전독시〉가 지난 20일 김영사의 출판 브랜드인 비채를 통해 단행본으로 나왔다. 출간 여부가 알려지기 전부터 원작 팬들 사이에서 단행본 출간 요구가 빗발쳤으며, 출간 일자가 공개된 이후부터는 서점과 출판사가 공식 사회관계망서비스(SNS) 계정 등을 통해 '출간 디데이'까지 알리며 기대감을 높였다. 김영사 관계자는 "〈전독시〉가 김영사에서 출간된다는 소문이 팬 사이에 돌면서 출판사에 관련 문의 전화가 빗발쳤다"고 귀띔했다. 기대를 증명하듯 8권짜리 세트(12만8,000원)는 출간 5일 만에 8,700세트가 나갔다. 출

판사는 정식 출간 전부터 표지 선정, 인쇄 등 진행 과정을 SNS 등을 통해 공유하며 원작 팬들과 소통했다. 이 같은 〈전독시〉의 단행본 흥행은 예견된 것이기도 했다. 〈전독시〉라는 작품 자체의 팬덤이 크기도 하지만, 최근 웹소설 시장이 성장하면서 단행본 시장에도 영향을 끼치고 있기 때문이다. 한국콘텐츠진흥원에 따르면 웹소설 시장 규모는 2018년 기준 4,000억 원대로 2014년 200억 원 규모에서 20배 가까이 성장했다. 업계에서는 현재 웹소설 시장의 규모를 6,000억 원대로 추산한다. 일반 단행본 시장 규모가 7,132억 원인 것을 감안하면 웹소설 시장이 단행본 시장과 비슷한 규모로 성장한 것이다.

4. 웹소설과 오디오 콘텐츠

책이나 예능, 드라마를 소리로 들려주는 오디오 콘텐츠 시장에서 웹소설이 주목받고 있다. 그동안 이 시장은 작가나 성우 한 명이 책을 낭독하는 오디오북이나 기존 라디오 프로그램을 녹음 재생하는 콘텐츠들 위주였다. 하지만 최근 들어 웹소설의 지식재산권을 활용해 마치 TV 드라마처럼 만든 오디오 드라마가 인기를 끌고 있다. 실제로 오디오 콘텐츠 플랫폼 네이버 오디오클립의 상위 10위권에서 웹소설 원작 오디오 드라마가 〈재혼황후〉(2위), 〈문제적 왕자님〉(3위) 등 4개를 차지하고 있다. 다른 플랫폼 스토리텔에선 웹소설 원작 오디오 드라마 〈중증외상센터: 골든아워〉가 시리즈물 중 1위를 기록하고 있다. 웹소설이 오디오 콘텐츠에서 강세인 건 순문학과 달리 인물 간 대화가 많은 비중을 차지하고 있기 때문이다. 리듬감을 강조한 구어체 위주의 전개가 오디오 시장에서 강점으로 작용하고 있다는 분석이 나온다. 출퇴근길이나 집안일 등 다른 일을 하면서 듣는 오디오 콘텐츠 소비자들의 성향도 한몫하고 있다. 웹소설은 서사와 캐릭터가 다른 장르에 비해 상대적으로 단순해 잠시 다른 생각을 하다 다시 들어도 이야기를 쉽게 쫓아갈 수 있다. 박세령 스토리텔 한국지사장은 "웹소설은 중의적인 뜻을 지닌 문장이 적고, 한자를 병기해야 하는 단어를 별로 쓰지 않아 음성으로 이야기를 전달하기가 용이하다"고 설명했다. 웹소설 오디오 드라마와 오디오북은 녹음 방식이 다르다. 잔잔한 말투로 문장을 읽는 오디오북과 달리 오디오 드라마는 성우가 목소리를 높이고 감정을 끌어내면서 연기를 한다. 오디오 콘텐츠 플랫폼 '윌라'의 이화진 콘텐츠팀 부장은 "웹소설 오디오 드라마는 소설 속 갈등을 생생히 전달하기 위해 성우가 과장된 표현을 사용하기도 한다"며 "TV 드라마처럼 배경음악과 효과음도 적재적소에 넣는다"고 말했다. 전문가들은 웹소설 오디오 드라마의 향후 성장 가능성이 높다고 전망한다. 이융희 청강문화산업대 교수(웹소설 창작 전공)는 "과거 신문에 연재된 장편소설이 라디오 드라마로 만들어져 인기를 끌었던 것과 비슷한 상황"이라며 "공상과학(SF) 장르 등에 비해 일반인들의 수요가 높은 로맨스물 위주로 오디오 드라마가 제작돼 인기를 이어갈 것"이라고 말했다.[3]

5. 로맨스: 웹소설 IP 확장의 첨병

'웹소설과 드라마' 부분에서 전술하였듯이 웹소설 IP 확장의 첨병 역할은 로맨스 장르가 하고 있다. 기존의 지상파나 케이블, IPTV 시장에서뿐만 아니라 최근에는 OTT의 비약적 성장으로 인해 드라마 콘텐츠의 중요성이 날로 커지고 있다. 드라마의 주 시청층은 여성이고, 여성향 콘텐츠의 대표 장르가 바로 로맨스다.

---

3   이호재, 「"살포시 눈감고 들어봐요" 웹소설이 속삭인다」, 동아일보. (2021. 10. 28.)
     https://www.donga.com/news/article/all/20211027/109948803/1

1) IP 확장이 IP매출에 기여하는 선순환 구조

"전자책 시장이 확대되고 웹소설이 등장하면서 로맨스 소설 시장이 커졌습니다. 그리고 미래엔 로맨스 소설이 원소스 멀티 유즈 시장 확대의 중심 역할을 할 것으로 생각됩니다." 〈김비서가 왜 그럴까〉로 유명한 정경윤 작가가 로맨스 소설이 콘텐츠 확장에 최적이라고 강조했다. 문화체육관광부(장관 박양우, 이하 문체부)가 주최하고 한국콘텐츠진흥원(원장 김영준, 이하 콘진원)이 주관하는 '2019 넥스트 콘텐츠 페어' 토크콘서트에서, 정경윤 작가는 로맨스 소설이야말로 원소스 멀티 유즈 시장을 주도할 것이며 콘텐츠에서 가장 중요한 것은 '이야기'라고 귀뜸했다. 정 작가는 소설 시장이 출판 인쇄에서 웹으로 넘어온 후 장르문학이 발전하게 되었고, 거창한 무언가가 아닌 이야기 그 자체의 로맨스 소설, 그중에서도 삶과 사랑을 오롯이 담아낸 가상 인물의 인생이 담긴 소설이 콘텐츠 시장을 주도하고 있다고 진단했다. 특히 정 작가는 로맨스 소설이 SF·판타지나 무협과는 달리 현실에 맞닿아 있다는 점에 주목했다. 감정이입이 쉽고 삭막한 일상에 힐링을 주는 콘텐츠이기 때문에 웹툰이나 드라마 등 다른 영역의 콘텐츠까지 쉽게 확장될 수 있다는 것이다. "정말 중요한 것은 전달하고자 하는 본질적 이야기죠. 거기서 오는 공감대와 감정들이 소설이 아닌 다른 콘텐츠에서도 힘을 얻는다고 생각해요. 이야기가 갖는 큰 힘이죠." 실제로 〈김비서가 왜 그럴까〉는 로맨스 소설 전문 출판사인 가하와 함께 출판 인쇄로 시작해 웹소설로 다시 인기를 얻은 후 웹툰으로도 큰 성공을 거뒀다. 또한 드라마로 제작되어 화제가 된 후, 소설이 다시 주목받는 선순환 구조가 형성되었다고 볼 수 있다.

2) 스낵컬처로서의 로맨틱 코미디

웹, 특히 모바일로 소비되는 콘텐츠는 스낵을 먹듯이 가볍게 소비된다. 이러한 특성을 지닌 웹콘텐츠 소비문화를 스낵컬처(snack culture)라고도 부른다. 시간과 장소에 구애받지 않는다는 특징 또한 가지고 있다. 이러한 스낵컬처로서의 발랄함을 잘 보여주는 장르가 로맨스 중에서도 로맨틱 코미디다. 로맨틱 코미디, 즉 '로코'는 주인공을 비롯한 등장인물들이 특히나 만화적이어야 한다. 그래서 이런 이미지를 확보하고 있는 배우는 로코 주인공으로 여러 차례 소환되는 특징이 있다. 〈설렘주의보〉의 경우에도 주인공으로 배우 윤은혜를 선택했고 배우에 대한 이전의 논란에도 불구하고 일정 부분 캐스팅이 주효했다는 평가를 받았다.

〈설렘주의보〉는 동명의 인기 웹소설을 원작으로 한 드라마다. 여자들에게 끊임없이 대시를 받는 매력적인 피부과 원장 차우현과 인기 배우 윤유정의 위장 로맨스를 담는다. 윤은혜는 이번 작품을 통해 오랜만에 안방극장에 복귀했다. 2013년 배우 이동건과 함께했던 〈미래의 선택〉 이후 5년 만이다. 윤은혜는 톱스타 윤유정 역을 맡았다. 윤은혜는 대표작인 〈궁〉, 〈커피프린스 1호점〉 등 원작이 있는 드라마와 로맨틱 코미디장르에서 강점을 보여왔다.

3) 콘텐츠 소비자가 욕구의 명확함

원작 웹소설에서는 달달하고 가벼운 로맨스를 원하는 소비자의 욕구를 정확히 인지하고, 그러한 욕구를 착실히 반영하여 높은 인기를 구가하였지만, 드라마로 IP가 확장되면서 그러한 성격이 변형되어 콘텐츠 소비자의 기대치에 부합하지 못하는 사례도 있다. 웹소설 원작의 인기 때문에 엄청난 기대를 모았지만, 결국 초라한 시청률로 마감한 〈선배, 그 립스틱 바르지 마요〉의 경우가 그러하다. 참고로 원작 웹소설은 엘리즈 작가가 쓴 현대 로맨스 장르이고 이 원작을 바탕으로 웹툰과 드라마가 제작되었다.

〈선배, 그 립스틱 바르지 마요〉라는 제목이 주는 강렬함과 달리 이야기는 천천히, 담백하게 흘러갔다. 첫 회에 믿었던 남자친구 이재신(이현욱 분)에게 배신당한 윤송아와 그녀에게 마음을 고백하는 채현승의 직진을 그렸다면, 이후 전개는 윤송아가 채현승에게 시나브로 스며드는 과정을 그렸다. 〈선배, 그 립스틱 바르지 마요〉의 중심축을 담당한 것은 단연 로운이다. MBC 드라마 〈어쩌다 발견한 하루〉로 첫 주연 신고식을 성공적으로 치렀던 로운은 이 작품을 통해 한층 성숙해진 감정과 로맨스 연기를 선보였다. 로운이 연기한 채현승은 좋은 집안 배경, 올바른 가치관, 남다른 친화력과 센스, 큰 키에 잘생긴 외모까지 판타지에 가까울 정도로 완벽한 조건을 갖춘 인물이다. 윤송아가 위기에 처했을 때마다 어김없이 나타나 그의 상처를 보듬는 모습은 여성 시청자들의 설렘을 자극했고, 로운도 멜로 연기 가능성을 입증했다. 여기에 원진아도 프로페셔널한 업무 능력부터 마음의 상처를 씻어내고 점점 사랑 앞에 솔직해지는 모습까지, 윤송아의 다채로운 면모를 그리며 로운과 케미스트리를 끌어냈다. 그러나 두 사람의 호흡만으로 시청자들의 마음까지 사로잡는 것은 역부족이었다. 첫 회 시청률 2%(이하 닐슨코리아 전국 유료가구 기준)로 시작했던 〈선배, 그 립스틱 바르지 마요〉는 1%대 시청률을 기록했다. 최고 시청률도 겨우 3회에서 기록한 2.4%에 그쳤다. 가장 큰 문제는 어느 것 하나 특별한 것이 없는 뻔한 클리셰였다. 배신한 남자친구에게 복수하기 위해 연애하는 척 연기하는 설정, 전형적인 사각 로맨스 등 전개가 전체적으로 평면적었고, 대사 역시 투박했다. 서로에 대한 감정이 쌓이지 않은 상태에서 등장한 맥락 없는 채현승의 돌직구 고백도 공감을 얻기는 힘들었다. 〈선배, 그 립스틱 바르지 마요〉를 선택한 시청자들이 원한 것은 로운과 원진아가 그리는 달달한 로맨스다.

4) 대중이 원하는 대리만족의 카타르시스

어느 평론가는 "대중이 드라마를 선호하는 이유는 다른 삶에 대한 간접경험과 공감대에서 오는 카타르시스다. '순간 소비'에 집중하는 흥미위주 웹콘텐츠는 이런 메커니즘이 약한 편"이라고 분석했다. 신선함이 떨어지면 시청자들은 과감히 채널을 돌린다. 그렇다면 〈김비서가 왜 그럴까?〉(이하 〈김비서〉)의 흥행 요소는 무엇이었을까? 은 평론가는 "로맨스 장르의 성공 법칙 중 하나는 '캐릭터의 강한 매력'"을 들었다. 보는 이의 마음을 사로잡을 수 있느냐, 성공 여부에 따라 멜로의 타당성, 그리고 셀렘이 부여된다. 〈김비서〉의 '이영준 회장'(박서준)은 외모, 재력, 두뇌 완벽한 인물이나 나르시즘과 '허당미'를 겸비한 빈틈 매력으로 여심을 공략했다. 반면 〈그녀의 사생활〉의 감각적이고 실력있는 미술관 관장 '라이언 골드'(김재욱)는 전형적인 로맨스물 왕자님 캐릭터에서 벗어나지 못하는 모습이다. 박민영이 연기하는 캐릭터 '성덕미'는 전작 '김미소'와 너무나 닮아 있다는 점도 문제다. 〈그녀의 사생활〉 속 어린 시절 회상씬은 〈김비서〉에서 봤나 싶을 정도로 흡사해 실망감을 주었다. '아이돌 덕질' 또한 귀엽고 신선한 소재

가 아닌 억지스러운 부분이 많다. 이런 진부함은 앞으로 나올 주
인공들이나 에피소드, 멜로에 대한 기대감을 떨어뜨린다.

〈그녀의 사생활〉은 '덕질(어떤 분야를 열성적으로 좋아해 그와 관련
된 것들을 모으거나 파고드는 일)'이라는 소재를 전면에 내세우며 '본
격 덕질 로맨스'라는 독특한 스토리, 배우 김재욱와 박민영의 만
남으로 제2의 '김비서가 왜그럴까'의 등장이 아니냐는 기대감이
높았다. 이에 〈그녀의 사생활〉로 침체된 tvN 수목극 시장에 활
기를 되찾을 수 있지 않을까 하는 기대감이 높았다. 그러나 뚜껑
이 열린 뒤 시청자들의 기대감은 실망으로 바뀌었다. 웹툰 원작
의 드라마, 그리고 스타 배우들의 만남. 부담이었을까. 재기 발랄
한 설정과 적재적소에 배치된 웃음 포인트, 여기에 임팩트 강한
장면들을 함께 그리며 시청자의 시선들을 사로잡는 데 성공하는
듯 했으나, 가볍게 웃으면서 보는 로코 장르답게 유치한 점이 부
각되며 아쉬움을 자아냈다.

5) 콘텐츠의 매체적 특징을 살린 각색

웹소설에 그림이 삽입되기도 하지만, 어쨌든 '소설'이므로 삽
화는 부차적인 것이고 서사가 주를 이루게 된다. 그래서 비주얼
은 독자의 상상에 많이 좌우된다. 드라마에서는 서사가 압축되
고 비주얼이 강화된다. 따라서 웹소설이 영상화될 경우에는 영

상이라는 콘텐츠 매체의 특성을 살려 비주얼 요소를 세심히 고려해야 한다. 대중이 읽고 싶어 하는 대리만족적 스토리가 있듯이, 대중이 보고 싶어 하는 대리만족적 비주얼도 있다.

〈진심이 닿다〉는 동명의 웹소설을 각색한 작품으로, 유인나는 극 중 억울하게 마약 스캔들에 휘말리며 반강제로 활동을 중단한 스타 오진심(극 중 예명 윤서)을 맡았다. 재기를 꿈꾸는 과거의 톱스타 진심과 원칙주의 변호사 권정록(이동욱)의 사랑을 그릴 〈진심이 닿다〉 1회에서는 두 사람의 첫 만남이 그려졌다. 진심은 스타작가 이세진(김수진)을 찾아가 신작 〈사랑은 아픈 법이야〉에 자신을 캐스팅해 달라고 부탁한다. 하지만 진심의 추락한 이미지와 '발연기'로 고민하던 이 작가는 '로펌 현장실습'을 섭외의 조건으로 내건다. 하루 빨리 연예계에 복귀하고 싶었던 진심은 이를 받아들이고 소속사 대표 연준석(이준혁)이 주선해준 유명 로펌에 비서로 출근하게 된다. 평소 진심의 팬이었던 로펌 대표 연준규(오정세)는 사무실에서 가장 능력 있는 변호사 정록의 비서 자리를 내어준다. 정작 정록은 첫날부터 출근 시간을 지키지 않은 데다 업무에 부적절한 드레스를 입고 온 진심을 못마땅하게 여긴다. 설상가상 근무 이튿날엔 진심이 멋대로 자신의 서류들을 정리해놓은 데 분노한다. 그런 한편 진심 역시 제 나름의 노력을 알아주지 않는 정록에게 화를 내며 맞선다.

6. 나오며

이상으로 웹소설 IP가 드라마, 영화, 웹툰, 게임, 단행본, 오디오 콘텐츠 등으로 확장되는 사례와 그로 인해 얻을 수 있는 시사점에 관해 살펴보았다. 특히, 웹소설 IP 확장의 첨병이라고 할 수 있는 로맨스의 활용에 관해서는 대중의 욕구와 결합 관계를 기초로 하여 더욱 심화된 설명을 했다.

웹소설은 콘텐츠 전달 매체가 문자다. 따라서 생생한 비주얼 표현에 제약이 따른다. 그러나 역설적으로 이러한 제약 때문에 상상의 여지가 많으므로 다른 콘텐츠 영역으로의 IP 확장이 상대적으로 더 용이하다. 따라서 콘텐츠 산업의 발전을 위해서는 원소스 멀티유스(OSMU)의 가장 원천적 성격이 강한 웹소설에 더욱 주목해야 할 것이다.

참고문헌

김정유, 「문피아에 1082억 투자한 네이버웹툰…웹소설 IP 확장 나선다」, 이데일리. (2021.09.10.)

한국콘텐츠진흥원, 『IP 비즈니스 기반의 웹소설 활성화 방안』, 2018.

https://www.edaily.co.kr/news/read?newsId=03047126629178808&mediaCode
　　No

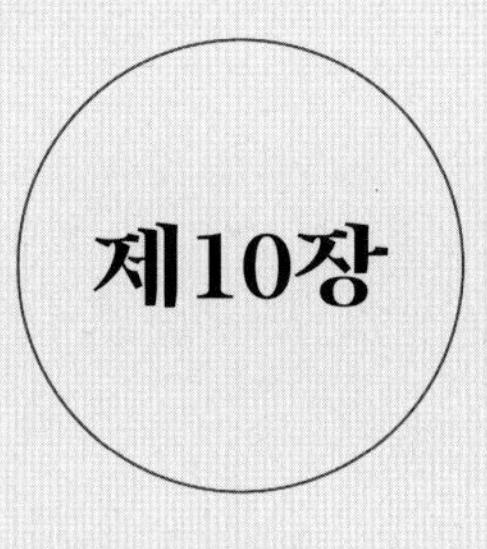

제10장

나도 웹소설 작가

1. 〈서울 자가에 대기업 다니는 김부장〉 시리즈

2021년 봄, "낮엔 회사 밤엔 집필… '직장인 소설가' 시대"라는 제목으로 다음과 같은 기사가 화제가 되었다. "대기업 근무 11년 차인 송희구 씨는 2021년 3월 15일부터 〈서울 자가(自家)에 대기업 다니는 김부장〉이라는 소설을 써서 자신의 블로그에 올렸다. 회사원들의 부동산 투자를 다룬 이 소설은 '부동산 극사실주의 소설'이라는 평가를 받으며 소셜미디어에서 인기리에 공유되고 있다. 4월 13일까지 22편이 연재되었는데 한 달 만에 170만 명이 넘게 읽었다."

그의 블로그에 들어가 보았는데, 그의 글은 기사가 나온 4월 중순 이후로 더 이어지지 않았고 5월 초 블로그에 이런 글이 올라와 있었다.

"안녕하세요.
처음 인사드립니다.
우선 김부장 시리즈를 읽어주신 모든 분께 감사드립니다.

저는 평범한 회사원으로 아침 일찍 출근하여

매일 아침 6시 30분부터 7시 30분까지 쓰고 글을 올렸습니다.

누가 보면 아침부터 일을 열심히 하는 줄 알았을 것 같습니다.

7시 30분을 지키기 위해 빠른 속도로 써내려가다 보니 오타도 많았는데, 이 오타를 이해해주시고 읽어주셔서 더욱 감사드립니다.

이 이야기는 드라마, 웹툰, 소설로 나올 예정이며

드라마는 시나리오 작업, 제작사, 배급사, 캐스팅 등이 정해져야 함에 따라 다소 시간이 걸릴 것 같습니다.

출판사와 드라마 기획사 측에서 시나리오 사전 유출이 우려되어 카페와 블로그에는 연재 중단 요청이 있어 연재가 어려울 것 같습니다."

TV 프로그램 〈세상에 이런 일이〉이 수준이다. 글 쓴 지 한 달 만에 출판사에서 연락을 받고 드라마, 웹툰까지 진행 중이라니 말이다. '제2의 미생' 같은 책이 나올 것 같은 느낌이다. 내용은 물론 다르겠지. 코로나19 시기에 더 많이 부각된 '재테크'와 연관된 직장인의 이야기가 내용의 주축을 이루지 않을까 싶다. 이 내용은 2021년 그해 총 3권짜리 소설책으로 출간되었다. 블로그에서 소설, 영화가 된 사례다.

코로나19가 지속되면서 사람들은 불안한 미래에 대한 이야기 중 하나가 '재테크' 이야기였다. '재테크' 이야기에 여기서 한 단계 더 나아가 '직장인 소설' 시대가 펼쳐지고 있었다. 정확히는 웹소설이다. 낮에는 직장인, 밤에는 소설가가 되는 사람들이다. 코로나19의 장기화로 재택근무가 늘어난 직장인들이 소설을 쓸 수 있는 시간적 여유가 생긴 데다, 블로그·브런치·네이버웹소설 등 자신의 글을 쉽게 공유할 수 있는 플랫폼이 많아졌기 때문이다. 네이버는 2020년 웹툰과 웹소설에 창작물을 올린 아마추어 창작자가 70만 명으로 전년(58만 명)보다 21% 증가했다고 발표했다.

직장인 소설가의 강점은 현실성이다. 현업에서 보고 겪은 경험을 소설에 담기 때문이다. 2019년 벤처투자업계 13년 경력의 윤필구(47) 씨가 쓴 소설 『벤처 허생전』도 '디테일이 살아 있다'는 평가와 함께 10만 회 가량의 조회 수를 기록한 바 있다. 송희구 씨는 "소설 속 '김부장'은 실존 인물인 상사 3명을 조합해 만들었다"며 "직장인들의 최대 관심사인 부동산 문제를 다뤄 사람들이 더 많이 읽는 것 같다"고 했다.

[그림1] 〈김부장 이야기〉 시리즈 표지

송희구 씨와 같은 이들을 가리켜 『트렌드코리아 2021』에서는 'N잡러'라고 했다. 2개 이상의 복수를 뜻하는 'N'과 직업을 뜻하는 'job', 사람을 뜻하는 '~어(er)'가 합쳐진 신조어로 '여러 직업을 가진 사람'이란 뜻이다. 본업 외에도 여러 부업과 취미활동을 즐기며 시대 변화에 언제든 대응할 수 있도록 전업이나 겸업을 하는 이들을 말한다.

2. 만화·웹툰·웹소설은 비약적 성장

대한출판문화협회가 2021년 발간한 『2020년 출판시장 통계』를 보면 '교육출판은 부진, 단행본은 선전, 만화·웹툰·웹소설은 비약적 성장'이라고 요약되어 있다.

전자책 플랫폼 기업(9사)의 영업이익도 크게 늘었다. 9개사의 2020년 영업이익은 760억 원으로 전년 대비 114.3% 늘었다. 구체적인 플랫폼별 영업이익을 살펴보자. 카카오엔터테인먼트 379억 원, 탑코 193억 원, 문피아 67억 원, 키다리스튜디오 53억 원 등 웹소설·웹툰 플랫폼이 강세를 보였고, 단행본 전자책 서비스를 겸하는 리디도 44억 원으로 처음으로 영업이익 흑자를 기록했다.

〈표1〉 전자책 플랫폼 부문 주요 기업의 최근 3년간 영업이익 현황

(단위: 백만 원, %)

'20 순위	기업명	기업 형태	2020 영업이익	증감률	2019 영업이익	2018 영업이익	비고
1	㈜카카오엔터테인먼트	외감	37,916	26.3	30,014	10,547	
2	㈜탑코	코스닥	19,382	42.8	13,574	11,239	
3	㈜문피아	외감	6,770	21.5	5,571	5,366	
4	㈜키다리스튜디오	유가증권	5,383	434	1,008	267	
5	리디㈜	외감	4,419	175.1	-5,887	-1,436	
6	미스터블루㈜	코스닥	4,144	39.7	2,966	2,840	
7	㈜조아라	외감	2,923	3.2	2,833	2,972	
8	㈜레진엔터테인먼트	외감	-59	98.9	-5,238	-9,127	
9	㈜밀리의 서재	외감	-4,911	47.7	-9,399	-6,313	
소계(9사)			75,967	114.3	35,442	16,355	
열외	네이버웹툰(유)*	외감	5,514	–	–	–	2020.5.29.~12.31.

시작은 웹소설, 웹툰이었지만 작가를 발굴하는 새로운 통로가 된 브런치, 유튜브 쪽도 출판 영역으로 활발히 진출하고 있다. 특히 인플루언서를 보유한 곳에서 직접 출판사를 만드는 흐름은 유심히 살펴볼 필요가 있다.

"대형 멀티채널 네트워크(MCN)인 샌드박스네트워크도 출판

편집자를 채용하는 등 출판업 진출 채비를 갖추고 있는 것으로 알려졌다. 샌드박스 소속 유튜버들의 책 출간을 지원하고, 출간한 후에는 샌드박스의 채널을 활용해 마케팅을 펼칠 것으로 예상된다."

웹소설·웹툰 시장이 급성장하고 전자책 구독 서비스의 시장 점유율이 상승하는 등 출판·콘텐츠 업계가 격변기를 맞으면서 콘텐츠 플랫폼, 서점, 출판사, 유튜브 채널 간 합종연횡이 활발히 펼쳐지고 있다. 콘텐츠 플랫폼이 출판사를 인수한 뒤 직접 웹소설과 웹툰을 생산하고, 전자책 구독 플랫폼과 블로그 플랫폼이 손잡고 독점 콘텐츠 제작에 나서는 모습이다.

SK텔레콤의 앱마켓 자회사인 원스토어는 최근 장르소설 전문 출판사인 로크미디어를 인수하고, 온라인 서점 예스24와 웹소설·웹툰 제작 합작법인을 설립했다. 로크미디어는 판타지, 로맨스, 무협 등의 장르물과 웹소설·웹툰 등을 제작하는 출판 전문 기업이다. 1,200여 종의 콘텐츠 판권을 보유하고 있으며, 700여 명의 작가와 계약을 맺고 있다. 원스토어는 로크미디어 인수로 확보한 콘텐츠를 이 회사가 운영하는 콘텐츠 서비스 원스토어북스와 SK커뮤니케이션즈가 운영하는 포털사이트 네이트의 툰앤북 등에 공급할 예정이다.

예스24와 공동으로 설립한 스튜디오 예스원을 통해서는 독자적인 웹소설·웹툰 콘텐츠를 제작할 계획이다. 직접 작가를 발굴하는 방식으로 웹소설과 웹툰을 제작한 뒤 이를 게임화·영화화하는 방안을 그리고 있다. 원스토어 측은 "2020년 스토리 콘텐츠 분야의 연간 거래액이 전년 대비 40% 이상 증가하는 등 가파른 성장세가 이어지고 있다"고 설명했다.

3. 원소스 멀티유스(One Source Multi Use)와 OTT 연계

웹툰과 웹소설을 합쳐 웹콘텐츠 시장이라 하는데, 현재 웹콘텐츠 시장의 중요한 트렌드는 오프라인 시장이나 지상파 혹은 케이블TV 시장을 오가면서 '웹툰-웹소설-웹드라마' 사이의 트랜스미디어 현상이 일어나고 있다는 것이다. 서로가 서로의 원작이 되고, 하나의 소스가 다양한 매체로 확장되고 있다.

대표적인 사례로 〈신과 함께〉가 있다. 〈신과 함께〉는 주호민 작가가 네이버에서 2010년 1월 8일부터 2012년 8월 29일까지 연재한 웹툰이다. 이 웹툰은 '저승 편', '이승 편', '신화 편'으로 이야기가 나뉘어 있다. 그중 '저승 편'은 2010년 독자만화대상 온라인만화상과 2011년 부천만화대상 우수이야기만화상, 대한민국 콘텐츠어워드 만화대상 대통령상, 독자만화대상 대상을 수상했으며, 한국만화 명작 100선에 선정되는 쾌거를 누렸다. 웹툰 〈신과 함께-저승편〉은 〈신과 함께-죄와 벌〉이라는 영화로 제작되었다. 그리고 영화는 웹툰과 같은 성공 신화를 낳았다. 2000년 이후 웹툰을 원작으로 한 영화 중 누적관객 수 500만 명을 넘은 영화는 〈은밀하게 위대하게〉(2013)와 〈내부자들〉(2015)이 있다. 그 후 김용화 감독의 〈신과 함께-죄와 벌〉이 2017년 12월 20일에 개봉되어 누적관객 수 1,441만 명을 기록했다. 그리고 바로 다음 해인 2018년에는 그다음 시리즈인 웹툰 〈신과 함께-이승편〉을 원작으로 한 영화 〈신과 함께-인과 연〉이 개봉되었으며, 이 또한 1,227만 명의 누적관객 수를 기록했다.

여기에 2020년 코로나19를 겪으면서 웹툰-웹소설은 OTT 서비스에 불을 지피며 더 크게 성장했다. 세계적인 경영컨설팅회사인 보스턴컨설팅그룹에 따르면 2021년에는 세계 OTT 시장 규모는 1,100억 달러(한화 약 123조 원)로 지난해 930억 달러(한화 약 103조 원)보다 20% 가까이 성장하고, 2022년에는 1,410억 달러(한화 약 157조 원)까지 성장할 것으로 전망하고 있다. 한국 시장 역시 성장세를 보인다. 지난해 한국 OTT 시장 규모는 7,801억 원으로 2019년 대비 23% 성장했는데, 이는 넷플릭스가 한국에 진출한 2016년 3,069억 원에 비해 154.2% 증가한 수치다.

넷플릭스를 통해 TV 드라마로 성공한 웹툰의 사례로는 〈김 비서가 왜 그럴까〉를 들 수 있다. 〈김 비서가 왜 그럴까〉는 재력, 얼굴, 수완까지 모든 것을 다 갖췄지만 자기애로 똘똘 뭉친 나르시시스트 재벌 2세 '이영준'과 그를 완벽하게 보좌해온 비서 '김미소'의 퇴사 선포로 시작된 로맨스를 그린 이야기다. 하지만 이 웹툰은 본래 원작이 아니다. 웹툰 〈김 비서가 왜 그럴까〉의 원작은 웹소설이다. 웹소설은 2012년 로망띠끄에서 연재되어 2013년에 책으로 출간되었고, 이후 2014년 카카오페이지에서 유료 서비스로 제공되기 시작했다. 이 웹소설은 웹툰으로 제작되어 2016년 6월부터 2018년 9월까지 카카오페이지에서 정식 연재되었다. 웹소설과 웹툰은 누적 종합 800만 명이 열람했다. 특히 웹툰은 구독자 500만 명 이상, 댓글 27.8만 개를 보유하고, 카카오페이지 별점 9.9를 유지하는 카카오페이지의 히트작이 되었다. 그리고 2018 대한민국 콘텐츠 대상 만화부문 문화체육관광부장관상을 수상하는 영광을 누렸다. 그 후 드라마로 제작되어 웹툰이 채 완결되기 전인 2018년 6월 6일부터 tvN에서 방영되었다. 시작은 시청률 5%대였지만, 최고 시청률 10.6%, 평균 시청률 8.6%를 기록하고 성공한 작품으로 남게 되었다. tvN에서는 2018년도에 해당 드라마의 하이라이트 장면들을 편집하여 유튜브에 업로드했고, 여러 영상 중 주인공들의 '키스 신'은

2020년 기준 3억 뷰를 달성하며 꾸준히 회자되었다. 종영 후 넷플릭스에서도 서비스되면서 해외에서도 인기를 끌었다. 특히 일본 넷플릭스에서는 2020년 10월 종합 1위를 차지했다.

다음은 웹툰 원작의 〈스위트홈〉이다. 〈스위트홈〉은 김칸비, 황영찬 작가가 네이버에서 2017년 10월 13일부터 2020년 7월 2일까지 연재한 웹툰이다. 이 작품은 근원을 알 수 없는 욕망 바이러스에 사람들이 감염되어 '괴물화'가 진행된다는 독특한 소재의 스릴러로 사람들의 관심을 모았고, 2017년 연재 시작 이후 완결까지 장기간 네이버 금요웹툰 상위권을 차지했다. 2020년 10월에는 작품성과 독창성을 인정받아 한국만화영상진흥원이 꼽은 '2020 오늘의 우리만화'에 선정돼 문화체육관광부장관상을 수상하기도 했다. 그리고 영어, 일본어, 프랑스어, 스페인어, 중국어 등 9개 언어로 전 세계에 서비스되며 글로벌 누적 조회 수 12억 뷰를 달성해 히트작 반열에 올랐다. 그 후 넷플릭스에서 오리지널 시리즈 10편으로 제작되어 2020년 12월 18일에 오픈되었다. 오픈과 동시에 같은 달 21일 기준 한국, 말레이시아, 필리핀, 싱가포르, 대만, 카타르, 태국, 베트남 등 총 8개국에서 넷플릭스 차트 1위에 오르고, 홍콩과 페루, 사우디아라비아에서 2위를 기록했다. 〈스위트홈〉의 흥행에 힘입어 2021년 3월부터는 〈스위트홈〉의 속편 격인 〈엽총소년〉이 네이버웹툰에서 연재되

[그림2] 〈스위트홈〉 웹툰과 드라마

기 시작했다. 이 작품은 〈스위트홈〉 속 세계의 앞선 시간의 이야기를 다룬 '프리퀄'로, 첫 화가 공개되고 얼마 지나지 않아 네이버 화요일 웹툰의 상위권 자리에 올랐다. 또한 4월에는 알려진 게임사와의 제휴도 하게 된다. 게임빌은 모바일 RPG '빛의 계승자'에 〈스위트홈〉에 등장하는 5가지 캐릭터를 추가하여 제휴 콘텐츠 업데이트를 적용했다. 이로써 웹툰이 단순히 서사가 있는 콘텐츠만으로 활용되는 것이 아니라, 다양한 디지털 스토리텔링에 적용될 수 있다는 점을 확인할 수 있었다.

4. 나오며

웹툰이나 웹소설과 같은 웹콘텐츠의 핵심은 IP의 확장성이다. 새로운 형태의 매체로 얼마든지 뻗어나갈 수 있는 가능성을 지니고 있기 때문이다. 출판 현장에 있으면서 느낀 바로는 종이책에서 전자책으로 오기까지 시간이 꽤 걸린 것 같다. 하지만 웹툰·웹소설에서 '드라마-영화-게임'으로 옮겨가는 속도는 '눈 깜짝할 사이에'라는 표현이 어울린다.

자신이 정말 소설가가 되고자 한다면, 소설 양식에 맞는 작법을 익혀야 한다. 소설도 그 성격에 따라 순문학, 장르문학, 웹문학 등 개별 영역별로 추구하는 글쓰기의 스타일이 다르다. 웹소설 또한 그 나름의 작법 양식이 당연히 존재한다. 물론 작법 양식의 존재가 가소성 없이 완고한 틀처럼 짜여 있다는 의미는 아니다. 하지만 양식의 파괴와 새로운 양식의 추구를 미덕 중 하나로 삼는 순문학과는 달리, 장르문학이나 장르문학에서 파생한 것으로 평가받는 웹소설의 경우에는 '장르적' 특징에 맞는 서사를 독자들은 원하고 있다. 이후 장에서는 미디어 리터러시와 웹소설 작법에 대해 자세히 다루도록 하겠다.

참고문헌

대한출판문화협회, 『2020년 출판시장 통계』, 2021.

송희구, 『서울 자가에 대기업 다니는 김부장 이야기』, 서삼독, 2021.

조유진, 〈낮엔 회사 밤엔 집필… '직장인 소설가' 시대〉, 조선일보, 2021. 4.14.

제11장

디지털 글쓰기와
디지털 리터러시

1. 리터러시와 그 범주

'리터러시(literacy)'라는 용어는 학식 있는 사람을 의미하는 라틴어 'litterauts'에서 유래한다. 초기 중세 시대에 'litterauts'는 라틴어를 읽을 수 있는 사람을, 그리고 종교개혁 이후에는 자신의 모국어로 글을 읽고 쓸 수 있는 능력을 의미하게 되었다. 영어에서 리터러시라는 단어가 등장한 것은 1880년대 초반으로, 글을 읽는 능력이나 지속적으로 글을 읽어 온 경험의 의미로 사용되었다. 현재는 문식성 또는 문해력이라는 용어로 받아들여진다.

그렇다면 '글을 읽는다'의 범주는 어디까지일까? 문화체육관광부와 한국출판문화산업진흥원은 유동 인구가 많은 서울 지하철역 몇 곳을 중심으로 큐알(QR) 코드를 통해 오디오북을 제공한 적이 있다. 개인 모바일 기기로 오디오북을 이용할 수 있는 큐알 코드 80여 종을 제공한다는 것이다. 이 사업은 보다 많은 시민들이 오디오북을 체험하도록 함으로써 새로운 형태의 독서 문화가 확산하는 데 기여하고자 기획되었다. 그렇다면 오디오북으로 리터러시 교육도 가능하다는 말이 된다. 즉 이제 글을 읽는 게 아니라, 듣는 시대가 된 것이다.

'글을 읽고 쓰고 이해한다'고 하면 떠오르는 매체는 분명 책이다. 그중 종이책이 가장 먼저 떠오를 것이다. 글은 종이책으로 읽어야 하는 것이라고 생각하는 사람들도 있지만 디지털 시대가 되면서 책의 개념이 전자책, 앱북, 오디오북 등으로 확대되었으며 글을 읽는 공간도 다양해졌다. 디지털화와 코로나19의 흐름에 따라 출판시장은 금세 이렇게 바뀌었다. 그렇다면 출판 산업 측면에서는 어떨까? 결론은 오프라인 서점은 판매가 줄었지만 온라인 판매는 늘었고, 전자책, 오디오북, 웹툰·웹소설 같은 웹 콘텐츠 등 다양한 매체의 비대면 독자들이 늘었다. 코로나19로 오히려 미디어는 더 다양해지고 가속화된 셈이다.

2. 새로운 시대의 다양한 글쓰기 공간

미디어가 발달하면서 개인의 일상을 글로 다양한 콘텐츠로 표현하고 사람들과 소통하려는 욕구가 강해졌다. 그 영향으로 등장한 디지털 글쓰기는 트위터, 페이스북, 블로그 등으로 다양해졌다. 여기서 한 단계 더 나아가 어떤 사람은 SNS나 블로그 등과 같은 매체에 글을 쓰는 데 그치지 않고 직접 작가가 되어 자신의 책을 내고 싶어 한다. 불과 몇 해 전만 해도 글쓰기라 하면 대부분 종이책만 떠올렸으나 지금은 글쓰기의 환경이 넓어지고 그로 인해 글쓰기에 접근하기도 쉬워졌다. 게다가 다양한 글쓰기 행태가 관심을 받다 보니 책을 쓰는 저자로까지 이어지는 것이다. 이 모든 활동의 바탕에는 사람들과 소통하고 싶어 하는 욕구가 깔려 있다고 본다.

창작자에게 새로운 플랫폼을 제시하며 주목받고 있는 미디어 중에 다음 브런치가 있다. 2015년 6월, '글이 작품이 되는 공간'을 표방한 다음카카오의 모바일 블로그 플랫폼이다. 브런치는 많은 사람의 '스토리'를 출판으로 이어주는 여러 프로젝트를 진행하고 있다. 브런치의 장점은 글쓰기 편한 환경과 소셜 공유가 쉽다는 점이다. 『무례한 사람에게 웃으면서 대처하는 법』, 『90년생이 온다』 등이 브런치에서 탄생한 베스트셀러들이다.

『무례한 사람에게 웃으면서 대처하는 법』의 저자 정문정 작가는 〈대학내일〉의 디지털미디어 편집장으로 자신의 이야기를 브런치에 올려 사람들에게 공감을 끌어냈으며 이후 가나출판사의 제안으로 책이 나오게 되었다. 일상에서 만나는 무례한 사람들, 사람마다 관계마다 심리적 거리가 다르다는 점을 무시하고 갑자기 선을 훅 넘는 사람들에게 감정의 동요 없이 단호하면서도 센스 있게 할 수 있는 의사표현에 대해 이야기한다. 가장 중요한 키워드는 디지털 글쓰기 속에서 사람들에게 공감을 주고 그로 인한 소통이라고 생각한다.

『90년생이 온다』의 저자인 80년대생 임홍택 작가는 90년대생을 이해하려고 브런치에 〈9급 공무원 세대〉라는 글을 올리면서 책까지 내게 된 경우다. 임홍택 작가는 90년대생의 꿈이 9급 공무원이 된 지 오래이고, 최종 합격률이 2퍼센트가 채 되지 않는 공무원 시험에 수십만 명이 지원하는 현실을 짚으면서 이들을 '9급 공무원 세대'라고 일컫는다. 기성세대는 이런 산술적인 통계를 근거로 90년대생을 피상적으로 이해하거나, 무슨 생각을 하는지 모르겠다며 세태를 비판하곤 한다. 그러나 그건 변하는 세상에서 '꼰대'로 남는 지름길이라면서 중요한 것은 공무원 시험 자체가 아니라 그들의 세대적 특징이라고 말한다. 이와 같은 그의 글은 공감을 이끌었고, 웨일북스라는 출판사를 통해 책으로 출간되어 베스트셀러가 되었다.

한편 『죽고 싶지만 떡볶이는 먹고 싶어』라는 책은 크라우드 펀딩을 통해 책을 출판한 사례다. 저자는 10년 넘게 기분부전장애(가벼운 우울 증상이 지속되는 상태)와 불안장애를 겪어왔다. 이러한 우울하지도 행복하지도 않은 애매한 기분과 감정을 치유하고자 정신과 전문의와 만나서 나눈 6개월간의 대화를 『죽고 싶지만 떡볶이는 먹고 싶어』에 담아내고 있다. 책에 담긴 그녀의 이야기와 정신과 전문의와의 대화는 독자들의 공감을 이끌어내기에 충분했다고 본다. 더 정확히 말하면, 이 책의 독자들 대부분이 20~30대라고 보면 작가의 모습이 그 나이 또래들에게 최소한 공감과 소통이 되었다고 생각한다.

브런치와 다른 여러 가지 창작 플랫폼을 보면서 이제 저자가 출판사를 찾는 시대가 아니라 출판사가 저자를 찾고 있다는 생각이 든다. 이렇듯 출판으로 대표되는 글을 읽고 쓰는 생태계가 달라졌다.

[그림1] 『무례한 사람에게 웃으며 대처하는 법』 표지
[그림2] 『90년생이 온다』 표지
[그림3] 『죽고 싶지만 떡볶이는 먹고 싶어』 표지

3. 미디어 리터러시

1990년 이후 리터러시는 단순히 읽고 쓰는 능력을 넘어 변화하는 커뮤니케이션 기술과 미디어를 다루는 리터러시로 보완되었다. 다양한 유형의 매체와 관련해 리터러시 개념을 연구한 보든(Bawden)은 미디어의 발달과 더불어 미디어 리터러시(Media Literacy), 컴퓨터 리터러시(Computer Literacy), 정보 리터러시(Information Literacy), 디지털 리터러시(Digital Literacy), ICT 리터러시(Information & Communication Technology literacy) 등과 같은 개념으로 보았다. 정리하자면 '미디어 리터러시(Media Literacy)'란 리터러시에 미디어의 발달과 더불어 합쳐진 말로 '다양한 매체를 이해할 수 있는 능력'이며 또 평가하고 분석하고 생산할 수 있는 능력이라고 할 수 있다.

그렇다면 미디어 리터러시의 범위는 어디까지일까? 먼저 영화와 텔레비전 등 영상 미디어가 발전하면서 영상은 문자를 제치고 주요한 커뮤니케이션 방식이 되었다. 영상 미디어는 시각적인 것에 크게 의존하는 것으로, 미디어 리터러시는 비주얼 리터러시(visual literacy), 즉 시각적 리터러시 개념을 포함하게 된다. 언어에서 문법이 없으면 의미가 생성되지 않는 것처럼 영상 미디어에도 구조와 문법이 작용한다. 비주얼 리터러시는 그러한 문법을 익힘으로써 시각적 메시지를 정확하게 해독하고 관련 메시지를 창조하는 능력이라 하겠다. 나아가 비주얼 리터러시는 단순히 이미지나 영상의 해독과 활용 능력에 그치지 않고 다양한 정보 양식의 통합적 이해가 요구된다는 점에서, 그리고 비판적 이해를 전제한다는 점에서 멀티 리터러시(multi literacies) 및 비판적 리터러시 개념과도 관련되어 있다. 즉, 미디어 리터러시는 단순히 시각적 정보만을 해독하는 것이 아니라 다양한 정보 양식을 통합적으로 이해하는 능력을 요구한다. 뉴런던그룹(The New London Group, 1996)은 앞으로 전통적인 차원의 언어에 토대한 의사소통보다는 커뮤니케이션 채널과 미디어, 그리고 텍스트가 복합적인 특성을 지님에 따라 의사소통 방식의 경계가 허물어지고 복합적인 리터러시가 주를 이룰 수밖에 없으며, 시민 의식과 사회적 담론에 대한 교섭 능력이 요구된다는 점에서 멀티 리터러시 교육이 중심이 되어야 한다고 주장했다. 이 개념은 변화하고 있는 미디어와 사회문화적 환경에서 전통적인 문자, 인쇄 매체, 단일 문화 중심의 전통적인 리터러시의 개념 변화를 추동하면서, 미국을 넘어 전 세계적으로 리터러시 교육의 전환점이 되는 중대한 계기가 되었다.

4. 디지털 리터러시

디지털 콘텐츠 시대를 보면서 필립 코틀러의 책이 생각난다. 우리가 흔히 제품 위주의 마케팅을 '마켓 1.0'이라 하면, 소비자 중심의 마켓을 '마켓 2.0', 인간 중심의 마켓을 '마켓 3.0'이라고 한다. 그리고 코틀러는 마켓 3.0을 넘어서는 '연결성에 기반을 둔 마켓'을 '마켓 4.0'이라 부른다. 휴머니티를 지향한 기술 활용 시대를 '마켓 5.0', 그리고 최근에 공간의 경계를 허무는 메타마케팅 시대를 가리켜 '마켓 6.0'이라 하였다. 코틀러에 따르면 '오늘날 우리는 완전히 새로운 세상에 살고 있다'. 인터넷이 없었을 때, 우리는 지리적으로 또는 인구학적으로 고립되어 있었다. 정보의 근본적 비대칭 탓에 국가와 기업 등 미디어를 장악한, 또는 구매한 이들의 목소리를 일방적으로 들을 수밖에 없었다. 그러나 만인과 만인이 연결된 '초연결 사회'는 세상 모든 사람과 연결되어 정보를 주고받는다. 초연결 사회는 '마켓의 핵심 기반인 시장 자체를 변화'시키고 있다. Z세대와 알파세대 등 디지털 네이티브가 주요한 고객으로 떠오르고 있는 '마켓 6.0' 시대에는 '메타마케팅'이라는 새로운 접근 방식을 고려해야 한다고 강조한다. 메타마케팅이란 쌍방향의(interactive) 몰입형 고객 경험을 제공하기 위해 물리적 영역과 디지털 영역의 궁극적인 융합을 실현하는 전략을 말한다.

　그래서 권성호와 서윤경은 미디어 리터러시를 미디어를 통해 전달되는 메시지를 구성하고 평가하며 분석하고 수용하여 새로운 메시지를 창출하며, 창출된 메시지를 공유하는 커뮤니케이션 능력이라고 정의한 바 있다.[1] 미디어 리터러시는 다른 말로 디지털 리터러시, 또는 트랜스 리터러시(Trans Litaracy)라고 부른다.

　트랜스 리터러시는 디지털 리터러시로 통칭되거나 트랜스 리터러시가 디지털 리터러시 또는 미디어 리터러시와 같은 의미로 쓰이기도 한다. 이러한 상황은 미디어 리터러시가 갖는 다차원적인 속성과 함의를 시사하고 있기 때문이다.

　인지신경학자 매리언 울프는 그의 저서 『다시, 책으로』에서 디지털 시대에 우리가 잃어버린 '깊이 읽기' 능력을 회복하기 위한 방법을 제시하고 있다. 디지털 매체는 읽는 뇌에 어떤 영향을 미치는지, 그리고 그것은 다음 세대의 운명을 어떻게 바꿀 것인지 인쇄물과 디지털 둘 사이의 적절한 열린 길을 안내해주고 있다. 하지만 여기서 가장 중요한 요소는 '언컨택트'에서 '컨택트'를 찾으려는 공감 키워드라 생각한다. 언컨택트 속에 반드시 '컨

1　권성호·서윤경, 『교육공학적 관점에 따른 미디어 교육의 이론과 실제』, 한울아카데미, 2005.

택트'를 찾아내려는 감성이 필요할 것으로 보인다. 컬러링북이 한때 유행이었던 때가 있었다. 안티 스트레스를 내세운 힐링 콘셉트가 성공 요인으로 보이지만 한편에 디지털화, 첨단화되어가는 사회에서 손으로 움직이는 아날로그적 감성을 통해 '보는 문화'에서 '참여 문화'를 이끌었다는 것에 큰 의미가 있다고 본다. 지금 언택트 시대에 맞는 산업을 찾는다고 하더라도 비대면 사회든 대면 사회든 결국 우리 모두는 누군가와 소통하고 싶어 하는 욕구에서 비롯됐다. 그래서 비대면 사회에서도 얼마든지 대면 이상의 소통법을 찾아야 한다.

5. 나오며

페이스북, 인스타그램, 오디오북, 팟캐스트, 유튜브, 브런치 등 무수히 많은 공간이 디지털 미디어에 존재한다. 과거 지식 문화의 보고가 종이책이었다면 지금은 지식을 알려주는 매체가 다양해졌다. 책만이 줄 수 있는 효용과는 별개로, 지식을 전달하고 당대 문화를 전파하는 책의 주요 기능은 이미 다른 미디어들이 더 쉽고 확산성 높은 방식으로 점유했다. 유튜브를 예로 들면, 지식을 영상으로 보여주지만 '영상'만 담지 않는다. 섬네일을 비롯하여 영상 중간마다 항상 '자막'이 들어 있다. 시청자는 보고 듣고 '읽는다'. 더불어 실시간으로 쌓이는 댓글은 책이 줄 수 없었던 독자들 사이의 의견 교류(소통)를 가능하게 했다.

리터러시란 결국 글을 읽는 종이책에서 글을 듣는 오디오북, 그림과 글을 보며 읽는 웹툰·웹소설 모두에 있어서 필요하다. 미디어 리터러시가 뛰어난 사람은 비판적 사고와 분석적인 사고도 필요하다고 하지만, 가장 궁극적인 능력은 '소통하는 능력', '공감하는 능력'이라고 할 수 있다.

참고문헌

권성호·서윤경, 『교육공학적 관점에 따른 미디어 교육의 이론과 실제, 한울아카데미, 2005.

김효정, 「장르소설 목표는 재미… 문학성 따지면 안 돼」, 『주간조선』 통권2364호, 2015.

매리언 울프, 『다시, 책으로』, 전병근 역, 어크로스, 2019.

이현우, 「코로나19와 콘텐츠 이용: 변화와 전망–콘텐츠 이용자 조사 결과를 중심으로」, 2020.

전경란, 『미디어 리터러시의 이해』, 커뮤니케이션북스, 2015.

책문화콘텐츠연구소, 『K-Book 해외시장 진출 현황 및 확대 전략 연구』, 한국출판문화산업진흥원, 2020.

필립 코틀러 외, 『마켓 6.0』, 방영호 역, 더퀘스트, 2024.

김슬기, 출퇴근길 짬내서 듣는 오디오북…소리 없는 흥행, 매일경제. (기사일: 2020.8.10.)

김효정, 장르소설 목표는 재미… 문학성 따지면 안 돼, 주간 조선 통권2364호, 2015.

이형두, 상반기 매출 714억 원…첫 흑자 전환 성공, 전자신문. (기사일: 2020. 8.14.)

최한종, 팟빵, 윌라…유료 오디오 콘텐츠 잘나간다, 한국경제신문. (기사일: 2020. 7.27.)

제12장

웹소설 써서 먹고삽니다

1. 점점 커지는 웹소설 쓰기 시장

웹소설 플랫폼 북팔에서 소설을 연재 중인 작가 메그 (31, 필명)는 1년 전까지 애플리케이션 개발자였다. 문학 특기자로 대학에 진학하고 국문학을 전공했지만 직업은 다른 데서 찾은 것이다. 그러나 회사 사정이 어려워지면서 회사를 퇴직하고 웹소설 작가 활동을 준비하고 있다. "고등학교 때부터 글쓰기로 상 받은 적이 많았어요. 하지만 순문학 쪽은 워낙 등단 장벽이 높아 포기했던 거죠. 마침 웹소설이 한창 뜨는 분위기라 관심이 있었는데 제가 예전에 쓰던 글과 너무 다르더라고요. 어디서부터 뭘 시작해야 할지 몰라 일단 웹소설 강의를 찾았어요." 그는 북팔 웹소설 아카데미에서 약 1년 간 실전 연습을 한 끝에 예스24 '제 2회 e연재 공모전'에 '지그재그 로맨스'로 우수상을 받으며 작가의 길을 걷기 시작했다. 웹소설 시장이 커지면서 웹소설 작가 지망생들을 위한 강의와 책이 인기다. 교보문고에 따르면 2016년도에 글쓰기 관련 서적 판매율은 지난해 동기 대비 9% 감소한 반면 소설쓰기 책 판매율은 21.8% 증가했다. 2007년부터 2016년까지 팔린 소설쓰기 책의 판매량을 100으로 놓고 연도별 점유율을 계산했을 때 2021년 판매율은 17.1%로 높아졌다. 그중 상당 수는 웹소설 쓰기 책이다. 2021년 1~8월 소설쓰기 분야에서 판매 1위를 한 책은 『도전! 웹소설 쓰기』(폭스코너)다. '위험한 신입사원'의 박수정 작가(필명: 방울마마)를 비롯해 6명의 웹소설 작가가 함께 쓴 이 책에는 자신이 어떻게 웹소설 작가가 됐는지, 판타지·로맨스·미스터리 소설은 어떻게 쓰는지, 글쓰기 외에 알아야 할 것은 무엇인지 체험을 바탕으로 친절하게 알려준다. 이 외에도 『장르 글쓰기.1: SF 판타지 공포』(다른), 『라이트 노벨: 구성과 작법 노하우』(비즈앤비즈), 『웹소설 작가를 위한 장르 가이드.1: 로맨스』'(북바이북) 등 판매율 20위권 안에 13권이 웹소설, 장르소설 쓰기 책이다.

이처럼 웹소설 작법 시장이 커지는 이유는 웹소설 시장의 파이 자체가 커지기 때문이기도 하지만, 낮은 진입장벽도 한몫한다고 말할 수 있다. 위의 사례에도 알 수 있듯이 유력한 매체를 통한 순문학 등단은 진입장벽이 너무 높기 때문에 엄두가 나지 않는다. 반면에 웹소설의 경우에는 자신의 원고만 있으면 업로드해서 연재할 수 있는 플랫폼들이 있기 때문에 진입이 쉽다. 게다가 순문학과는 비교할 수 없을 정도로 웹소설 시장의 상업적 규모는 점점 커지고 있다. 또 영화나 드라마로의 IP 확장 루트로서도 웹소설이 훨씬 유리하다. 즉, 소설 입문자로서는 한번 도전해 볼 만한 영역이 바로 웹소설 시장인 것이다.

2. 웹소설 쓰는 작법이 따로 있는가?

기존의 소설, 구체적으로 표현하자면 순문학 소설이
나 장르소설 작법을 웹소설에 응용할 수는 없는 것일까? 웹소설
작법이 따로 있는가, 하는 문제는 순문학과 장르소설의 작법이
다르다는 사실을 인지한다면 쉽게 답할 수 있다. 별도의 작법이
필요하기 때문에 현직 웹소설 작가들의 웹소설 작법서가 지금
서점가에서 많이 팔리고 있다. 또 웹소설은 장르 구분이 중요하
기 때문에 장르에 맞는 작법으로 세분화하여 접근할 필요가 있
다. 그래서 웹소설 작법서 또한 장르별로 세분화하여 출간하거
나 아예 장르별 작가를 모아서 영역별로 분담하여 집필하게 하
는 경우도 있다. 예를 들면, 다음과 같은 사례다.

장르별로 최고의 인기를 누리고 있는 작가 6인이 쓴 실용적인
웹소설 쓰기책이 나왔다.『위험한 신입사원』의 박수정(방울마마),
『광해의 연인』의 유오디아,『나를 사랑한 대륙남』의 용감한 자
매,『마성의 카운슬러』의 이재익,『호접몽전』의 청빙 최영진,『수
라왕』의 이대성. 이들이 "웹소설에는 웹소설만의 작법이 따로

있다"는 기치 아래 창작 실전비법을 들려준다. 웹소설은 스마트폰이 대중화되면서 급성장한 창작 분야다. 그간 꾸준히 외연을 확대해온 웹소설은 2013년 네이버가 플랫폼을 제공하면서 독자적인 시장으로 발전했다. '웹소설'이라는 말이 그때 생겨났는데 이후 이곳에 연재를 시도해본 작가 지망생이 13만 명에 이른다. 아직까지는 장르소설이 다수를 이루지만 문학 전반으로 그 주제가 확대되는 모습도 눈에 띈다. 이 책의 필자들은 자신의 분야에서 가장 인기 있는 현역 작가들이다. 그들이 각각 정통·역사·트랜디 로맨스 분야와 미스터리, SF와 판타지, 무협 분야를 대표하여 웹소설을 쓰게 된 배경, 소설 작법과 노하우, 작가지망생에 대한 조언 등을 이야기한다. 경험과 실전, 철학이 어우러져 서술은 진솔하고 내용은 충실하다.

웹소설 작법의 가장 큰 특징은 '독자'를 염두에 두고 그에 맞는 서사를 구성해야 한다는 사실이다. 독자 지향적이라는 점에서는 웹소설 작법이 순문학은 몰라도 여타 장르소설의 작법과 다르지 않다고 생각할 수도 있다. 그러나 웹소설을 소비하는 독자가 어떤 상황에서 소비하느냐 하는 소비환경까지 포함한 독자 환경을 감안하면 웹소설은 순문학뿐만 아니라 장르소설과도 '독자' 지향 측면에서 구별되는 지점이 확연히 존재한다. 현직 웹소설 작가의 이야기를 들어보면 다음과 같다.

"웹소설은 독자가 이끄는 시장이에요. 따라서 작가가 쓰는 방식보다 '독자가 소비하는 방식'에 주목해야 해요. 즉, '상업성'이 무척 중요합니다. 워낙 많은 작품이 쏟아지다 보니 좋은 작품도 운이 따라주지 않으면 묻히기 십상입니다. 상업성이 확보되지 않으면 공모전, 투고에서도 무척 불리해요. 웹소설 작가는 항상 독자를 의식하고, 시장 동향을 파악해야 해요. 트렌드도 무시할 수 없죠. 독자는 트렌드를 좋아하면서도 피로해 하므로 밸런스를 잘 유지해야 하겠지만요. 작가가 가진 고유한 매력, 개성, 작품성도 물론 중요합니다. 하지만 웹소설로 먹고살길 원한다면 나만의 작품성을 '상업적으로 표현'할 줄 알아야 해요."[1]

[그림1] 『웹소설 써서 먹고삽니다』 표지

즉 상업성에 더 포인트가 있음을 알 수 있다.

---

1   정무늬, "글 써서 먹고살기, 웹소설은 가능하다", 예스24 채널예스. (2021. 4. 25)

3. 웹소설의 독자는 누구이며, 왜 웹소설을 읽는가?

웹소설이 독자 지향적인 서사 콘텐츠라는 설명은 앞서 말했다. 이때 웹소설 작가가 지향해야 하는 '독자'는 막연한 독자가 아니다. 웹소설을 하나의 상품으로 기획할 수 있을 만큼의 세분화되고 구체적인 독자를 상정하여 그 독자를 대상으로 작품을 써나가야 한다. 그러나 이것이 말처럼 쉽지가 않다.

웹소설에 뛰어드는 사람들은 내가 쓰고 싶은 이야기가 머릿속에 있는 상태에서 그것이 어느 장르인지를 찾으려고 한다. 그렇게 노력하여 쓴 소설이 어정쩡한 정체성으로 인해 팔리지 않거나 출판사에서 받아주지 않는 경우를 겪고 혼란에 빠지고 만다. 이 시점이 시간 낭비를 가장 많이 하게 되는 시점이다. 노력 대비 빠르고 쉽게 성과를 얻고 싶다면, 웹소설 시장이 '장르별'로 움직인다는 사실을 인정해야 한다. 웹소설을 쓸 때는 내가 쓰고 싶은 장르를 정하고, 그다음 해당 장르에 맞는 스토리를 짜는 순서로 진행하는 것이 시행착오를 줄이는 길이다. 현 웹소설 시장의 주요 장르는 크게 남성향, 여성향으로 나뉜다. 이는 독자들의 성별을 기준으로 말하는 것이다. 물론 여성 독자가 판타지를 보기도 하고, 남성 독자가 로맨스를 보기도 한다. 그러나 각 장르를 주로 감상하고 향유하는 독자들은 어느 정도 성별에 따라 분리된 것이 사실이다. 웹소설은 주요 독자 성향이 곧 그 장르의 성향이다. 장르가 다르더라도 주요 독자의 성향이 동일하다면 어느 정도 비슷한 성향을 띤다. 장르별 특징이 고착화되었다고 해도 과언이 아니며, 이를 바꾸거나 거부하는 것이 현실적으로 불가능하다.[2]

[그림2] 『억대 연봉 부르는 웹소설 작가 수업』 표지

웹소설을 쓰면서 맞닥뜨리게 되는 문제 중 하나가 바로 '클리셰'다. 웹소설 작가로서는 '뻔한' 스토리 라인, '뻔한' 감정선, '뻔한' 캐릭터 등이 자신의 작품에 등장하는 것을 꺼릴 수도 있다. 그러나 이 클리셰 문제 또한 '독자'라는 관점에서 보면 의외로 쉽게 정리될 수 있는 딜레마가 된다. 다음은 기자와 현직 웹소설 작가가 나눈 이야기다.

"클리셰지만 대중에게 먹히는 게 바로 그 클리셰다. 처음에는 클리셰를 넣고 다음에 나만의 독창성을 보이는 게 순서다. 처음에 독자의 마음을 확 잡는 건 클리셰다. 그냥 문학적인 표현을 다 없애라. 전기회사에서 힘들게 일하는 남편이면 그냥 그 내용

---

2   북마녀, 『억대 연봉 부르는 웹소설 작가수업』, 허들링북스, 2021.

을 전달하면 된다. 장르소설이 다 그런 건 아니지만 웹소설은 사람들이 지루하면 바로 다른 데로 간다. 사건이 빨리빨리 일어나야 한다. 내용전달 아닌 쓸데없는 소리를 할 여유가 없다. 1편에 모든 것을 쏟아부어야 한다. 다음은 없다. 그래서 앞부분일수록 내용 전달만도 바쁘다. 로맨스 작가들도 현실이 시궁창 같은 것을 다 안다. 많은 신혼부부가 반지하에서 시작하고 말단 직원은 큰 회사 대표 얼굴도 보기 힘들다는 것을 말이다. 그런데 말이 안 되기 때문에 로맨스를 보는 거다. 사람들이 온갖 시름을 잠시 내려놓고 꿈을 꿀 수 있게 해주는 게 로맨스다. 소녀 시절의 몽상에 스토리를 넣고 좀더 세련되게 표현한 것이 로맨스 소설이라고 생각하면 쉬울 것이다."[3]

4. 독자들이 원하는 웹소설 캐릭터

웹소설에서는 스토리 라인도 중요하지만, 그에 못지 않게 캐릭터도 중요하다. 독자들을 작품에 몰입시킬 수 있게 하고, 지속적인 구독을 유발하는 한 요인이 바로 매력적인 캐릭터

---

[3]   권영미, 「[기자가 도전한다] ①박수정 작가와 함께 로맨스 웹소설 써보기」, 뉴스1. (2017.01.06.) https://www.news1.kr/articles/?2877924

인 것이다. 그렇다면 어떻게 해야 매력적인 캐릭터를 만들어낼 수 있을까? 우선 웹소설 캐릭터의 가장 큰 특징은 시원한 사이다처럼 쾌도난마형으로 문제를 해결하는 스타일이 대세라는 사실이다.

1) 고구마와 사이다

종이책 소설과 웹소설은 뭐가 다를까. 전건우 작가는 "감정이 섞이거나 갈등이 들어갈 요소가 없는 '단순함'과 '대리만족'이 웹소설의 인기 요소"라고 설명했다. "소설과 영화 시나리오에선 굴곡 있는 서사가 바탕이죠. 주인공은 위기를 겪고 이를 돌파하죠. 웹소설은 다릅니다. 시련을 주면 독자들이 '고구마'라고 답답해합니다. 계속 새로운 사건이 터지고 주인공이 이를 능숙하게 해내는 모습들이 인기를 끕니다." 이에 맞춰 작법도 변한다. 전 작가는 최근 웹소설 플랫폼 '네이버 시리즈'에 공개한 작품 '검찰수사관 수호'에서 과거 회상 비중을 줄인 것을 예로 들었다. "책으로 썼다면 주인공 '수호'의 배경에 많은 분량을 할애했을 겁니다. 왜 이런 직업과 성격을 갖게 됐는지 등에 대해서요. 작법의 기본이기도 하고요. 그런데 웹소설 독자는 과거 회상을 싫어하는 경향이 있더군요. 그래서 이를 줄이고 현재 주인공에 집중할 수 있도록 소설 시점을 1인칭으로 정했습니다."라고 말하고

이 밖에도 복선을 심고 회수하기보다 충격적인 사건을 다수 제시하는 식으로 전개 방식을 바꿨다고 한다.

2) 판타지 캐릭터

웹소설을 소비하는 가장 큰 목적은 대리만족이라고 했다. 독자들이 실제 살고 있는 현실 대신 현실과 동떨어진 판타지 세계에 빠져드는 이유는 바로 현실을 잊고, 현실에서 구현하지 못한 욕구를 판타지 세계에서 구현할 수 있기를 바라기 때문이다. 캐릭터도 마찬가지다. 현실적인 캐릭터는 순문학이나 일부 장르소설에서는 개연성이 높다고 좋은 평가를 받을 수 있을지 몰라도, 웹소설 영역에서는 현실적 캐릭터가 앞서 설명한 대로 고구마가 되어 추가 구독을 막게 하는 장애물로 작용한다. 판타지 캐릭터는 특히나 판타지스럽게 행동해야 한다. 즉 영웅적 캐릭터는 영웅답게 행동해야 하는 것이다. 현직 작가의 이야기를 들어보자.

"문제는 뒤로 갈수록 조회 수가 급격히 떨어지는 경우인데, 대표적으로 다음 세 가지 중 하나에 해당한다. 첫째, 각각의 '관문, 즉 퀘스트'를 그럴듯하게 만들지 못했을 경우. 둘째, 주인공이 영웅답지 못한 행보를 보였을 경우. 셋째, 주인공 능력치에 대한 밸런스가 깨져서 적에 대한 긴장감이 떨어졌을 경우다. 독자들은 주인공을 통해 또 다른 세계를 살아간다. 또한 주인공에 빙의한 채로 그 세계에 흠뻑 빠져서 같이 영웅의 길을 걷기 원한다. 그러나 이 세 가지 중 하나의 문제가 생겨서 이야기에 대한 몰입도가 떨어지면 결코 다음 화를 결제하지 않는다.”[4]

『나도 웹소설 한번 써볼까?』의 이하 작가의 말이다.

[그림3] 『나도 웹소설 한번 써볼까?』 표지

3) 로맨스 장르 캐릭터

로맨스는 특히나 정형화된 장르 캐릭터에 신경을 써야 한다. 현실에 존재하지 않는 이상적 인물과 그 인물과의 연애 스토리를 소비한다고 해도 과언이 아니다. 현실의 사랑은 지리멸렬할지 모르나 웹소설의 세상에서만큼은 능력 있고 나만 사랑하는 인물을 만나고 싶은 소망이 있고, 그런 소망을 로맨스 장르 웹소설 작가라면 대신 이루어 줄 수 있어야 한다. 구체적인 내용은 다음과 같다.

“로맨스는 원래 그런 거다. 그리고 원래 자기 직업의 주인공은 자기가 못쓰는 경우가 많다. 현실이 왜곡되는 것 같고, 디테

---

4   이하, 『나도 웹소설 한번 써볼까?』, 교보문고, 2021.

[그림4] 『도전! 웹소설 쓰기』
표지

일이 자꾸 어긋나고, 그렇다고 일반인들이 모르는 전문적인 것을 넣기가 부담이 되고. 제일 인기 많은 게 메디컬 로맨스인데 웬만큼 글이 이상하지 않은 이상 50% 먹고 가는 소재다. 그런데 메디컬 로맨스를 의사에게 쓰라고 그러면 못쓴다. 검사, 판사도 마찬가지다. 그리고 이 직업의 사람들이 연애할 시간이 어디 있겠는가. 하지만 비현실적이더라도 이런 능력 있고 잘생긴 남자들을 여성 독자들은 선호한다. 로맨스는 장르 특성이 매우 확고하고 법칙을 벗어나면 독자들이 외면하는 분야다. 남주(남자주인공)는 여주(여자주인공)을 만나기 전에는 바람둥이였어도 되고 연애 도중에 한눈 팔아도 된다. 하지만 여주는 남주만 사랑해야지 작품 속 다른 남자에게 마음이 흔들려서는 안 된다. 로맨스는 이걸 지켜야 살아남고 아니면 독자에게 외면당하거나 편집자로부터 고치라고 한소리 듣는다. 초기에 내 작품에서도 여주가 남주를 본격적으로 사귀기 전 다른 남자와 키스하는 장면이 있었는데 담당 편집자가 아예 그 장면을 없애라고 했다. 아니면 최소한 여주가 (남자 조연의 키스에) 황홀해하면 안 되고 그 남주 얼굴이라도 떠올려야 한다고 조언했다. 지금 생각하면 편집자의 말이 천번 만번 맞는다."5

『도전! 웹소설 쓰기』의 박수정 작가와 어느 기자와의 인터뷰 내용이다.

5. 나오며

순문학과 대중문학의 이분적 구조에서 다시 대중문학을 장르문학과 웹문학으로 나누는 분류 자체를 비난할 것은 아니지만, 이러한 구분을 수평적으로 파악하지 않고 위계적 구조로 파악하여 순문학의 우위를 말해오던 기존의 관습에서 점차 산업적 관점이 도입되어 수평적 관점으로 시각이 전환되는 모습은 콘텐츠 발전 측면에서 볼 때 긍정적이라고 하겠다.

---

5   권영미, 「[기자가 도전한다] ①박수정 작가와 함께 로맨스 웹소설 써보기」, 뉴스1, (2017.01.06.) https://www.news1.kr/articles/?2877924

참고문헌

북마녀, 『억대 연봉 부르는 웹소설 작가수업』, 허들링북스, 2021.

산경, 『실패하지 않는 웹소설 연재의 기술』, 위즈덤하우스, 2019.

이하, 『나도 웹소설 한번 써볼까?』, 교보문고, 2021.

정무늬, 『웹소설 써서 먹고삽니다』, 길벗, 2021.

진문, 『밀리언 뷰 웹소설 비밀코드』, 블랙피쉬, 2021.

권영미, 「[기자가 도전한다] ①박수정 작가와 함께 로맨스 웹소설 써보기」, 뉴스
	1. (2017.01.06.) https://www.news1.kr/articles/?2877924

백수진, 「'오피스 누나'는 어떻게 남성들을 확 끌었나」, 조선일보. (2021.11.13.)

유주현, 「'절단신공'과 소액 결제의 결합…웹소설, K콘텐트 보물창고로 떴다」,
	중앙일보. (2021.09.25.) 중앙일보 중앙SUNDAY https://www.joongang.
	co.kr/article/25009460

제리안, 「입문자를 위한 웹소설 쓰기의 웨이 포인트」. (2018. 06. 05.)

정무늬, "글 써서 먹고살기, 웹소설은 가능하다", 예스24 채널예스. (2021.4.25)

조선일보 https://www.chosun.com/national/weekend/2021/11/13

한국일보 https://www.hankookilbo.com/News/Read/201609290467908005

황수현, 「작가의 꿈을 찾아서…웹소설 지망생 몰린다」, 한국일보. (2016.09.29.)

웹소설 스토리라인 구성 작법

1. 웹소설의 스토리

웹소설에서 캐릭터가 한 축이라면 또 다른 한 축은 스토리다. 특히, 웹소설은 짧은 시간 가볍게 소비되는 스낵컬처의 한 유형이므로 '절단신공'이라고 불리는 특별한 작법이 요구된다. 절단신공이 부족하면 지속적인 구독과 구독에 따른 수입을 기대하기 어렵다. '기다리면 무료'지만, 기다릴 수 없도록 만들어야 한다. 그래서 '신공'이다.

1) 매력적인 스토리 라인

스토리 라인은 연속적으로 일어나는 사건의 집합체를 말한다. 흥미로운 웹소설을 쓰기 위해서는 이야기를 관통하는 뚜렷한 주제가 필요하고, 주제에 맞는 사건이 꼬리에 꼬리를 물고 이어져야 한다. 스토리의 기본 원칙은 긴장과 대립이다. 문제가 발생하지 않으면 소설이라 할 수 없다. 웹소설이라고 뭐가 다를까. 따라서 발단, 전개, 위기, 절정, 결말에 따라 진행하되 연재 소설의 경우에는 매회마다 긴장감을 주어야 한다. 또 독자가 원하는 정보를 한 번에 다 주는 것이 아니라 '숨김'과 '지연'을 통해 독자들의 애를 태워야 한다. 문제를 너무 쉽게 해결하지 말고, 독자를 약 올려라. 스토리가 점차 진행됨에 따라 문제도 갈수록 골치가 아파져야 주인공이 계속해서 고난에 처하게 된다. 서두에 말했듯이 소설은 '주인공의 여정'이지 관광이 아닌 까닭이다. 독자들 역시 온갖 고초를 겪는 주인공의 여정에 동참하고, 그 여정이 해피엔딩으로 끝날 때 더없는 카타르시스를 얻는다. 한마디로 요약하면 독자들이 원하는 건 '신선하고 흥미진진한 경험'이고, 이를 위해 기꺼이 비용을 지불하는 것이다.

2) 웹소설의 꽃, 절단신공

웹소설 플랫폼에서 '기다리면 무료'라는 서비스를 제공하는 경우가 있다. 말 그대로 일정 시간이 지나면 무료로 풀리는 웹콘텐츠라는 의미이다. 많은 사람들이 기다린다. 그러나 또 다른 많은 사람들은 기다리지 못하고 다음 화를 보기 위해 기꺼이 결재한다. 스낵컬처를 소비하는 데 드는 비용은 스낵 정도의 돈밖에 들지 않는다. 오히려 그보다 더 적을 수도 있다. 동전 단위의 푼돈이다. 그러므로 적절한 때에 스토리를 끊어서 독자들로 하여금 다음 화가 무료로 풀릴 때까지 기다리지 못하고 얼마 되지 않아 부담이 없는 푼돈을 결제하도록 만들어야 한다. 그런데 어디서 스토리를 끊어야 할까, 하는 문제가 발생하는데 바로 '웹소설의 꽃'이라고도 불리는 '절단신공' 작법이 필요한 순간이다. 현직 웹소설 작가의 말을 통해 신공이 펼쳐지는 현장을 살펴보도록 하겠다.

　"한 화를 쓸 때 가장 중요한 장면은 어느 부분일까?" 모두 알다시피 마지막 장면이다. 마지막 장면이 다음 편과 이어지는 가장 밀접한 부분이기 때문이다. 마지막 장면이 다음 편을 볼지 안 볼지 결정하게 만든다고 해도 과언이 아니다. 다음 편을 볼 수 있도록 마지막 장면을 연출하는 것은 대단히 중요하다. 그렇다면 과연 독자는 어떤 조건에서 다음 편을 읽을까? 내가 발견한 가장 중요한 조건은 주인공의 매력이다. 주인공이 매력적이면 거의 모든 문제가 해결된다. 별다른 연출법이 없어도 주인공이 독자의 마음을 사로잡으면 그냥 다음 편을 보기 때문이다. '너, 마음에 들었어. 그러니까 끝까지 본다.' 이렇게 되는 것이다. 연독률을 결정하는 70%는 작품 속 주인공이라고 보면 된다. 두 번째는 뭘까? 호기심이다. 독자는 다음 편이 궁금하면 본다. 이야기의 허리를 끊는 식으로 궁금증과 호기심을 자극하는 것이다. 사람의 호기심은 막을 수 없다. 이렇게 호기심을 자극해 다음 편을 보게 하는 기술을 절단신공이라고 한다. 초반부, 특히 주인공의 매력을 어필하기 전에는 이런 호기심을 유발해 각 화를 이끌어가야 한다. 멱살을 잡고 강하게 끌어당기는 '멱살 캐리'하는 기

[그림1] 『밀리언 뷰 웹소설
비밀코드』 표지

법이라고 보면 된다. 세 번째는 기대감을 연출하는 것이다. 예를 들면 이런 것이다. 프롤로그에서 주인공이 레벨업하는 장면을 짤막하게 보여준다. 이어지는 1화에서는 이 세상엔 레벨업이란 개념이 없고, 주인공의 레벨은 매우 낮다는 세계관을 드러낸다. 이렇게 쓰면 독자는 어떻게 생각할까? '주인공만 레벨업을 하겠네?' 하고 생각할 것이다. 하지만 다음 편을 봐도 레벨업하는 장면은 나오지 않는다. 그래도 독자는 '이제 곧 주인공이 레벨업하는 장면이 나올 거야' 하는 기대감을 가지게 될 것이다. 바로 이 기대감 때문에 독자는 레벨업하는 장면이 나올 때까지 작품을 읽어나갈 것이다. 그때부터 이야기가 재미있어질 것이라 기대하기 때문이다.[1]

『밀리언 뷰 웹소설 비밀코드』의 진문 작가와의 인터뷰였다.

3) 웹소설의 대사

웹소설은 묘사가 아닌 대사로 사건이 주로 전개된다. 그래서

---

1   진문, 『밀리언 뷰 웹소설 비밀코드』, 블랙피쉬, 2021.

텍스트의 대부분은 대사가 차지하고 캐릭터를 구축하는 작업도 대사를 통해 이루어지는 경우가 많다. 다시 말해, 대사가 스토리와 캐릭터라는 웹소설의 양대 축을 이끌고 나간다고도 말할 수 있다. 대사는 '뻔해도' 되지만 '유치해서는' 안 된다. 현직 작가의 조언을 들어보자.

"작가는 자신의 독자층을 잘 파악해서 가장 적절한 대사를 선택해야 합니다. 제가 말씀드릴 수 있는 대사 쓰는 팁은 딱 하나입니다. 독자가 읽었을 때 유치하다는 감정을 느끼지 않도록 대사를 써야 합니다. 사실 독자들은 설명과 묘사에서는 유치함을 잘 느끼지 못합니다. 조금 부실할 수는 있겠지만요. 하지만 대사에서는 유치함에 즉각적으로 반응합니다. '유치함'이라는 느낌은 정말 치명적입니다. "유치해서 못 봐주겠네"라는 말은 현실에서도 많이 합니다. 그런데 독자가 작가의 작품에서 그런 감정을 느꼈다면 그건 바로 이 글에서 하차하겠다는 선언입니다. 유료 구매 독자들의 이탈 원인 중 첫 번째가 유치함입니다."[2]

[그림2] 『실패하지 않는
웹소설 연재의 기술』 표지

---

2   산경, 『실패하지 않는 웹소설 연재의 기술』, 위즈덤하우스, 2019.

『실패하지 않는 웹소설 연재의 기술』의 산경 작가와의 인터뷰였다.

2. 웹문학과 순문학의 병행

웹소설과 문단문학이라고 불리는 순문학을 병행하는 경우도 있다. 물론 그 숫자는 많지가 않다. 일단 앞서 설명한 대로 주요한 매체를 통해서 등단하는 소위 주류 계열의 순문학 작가들의 풀이 많지도 않거니와 웹소설은 작법 자체도 다르고 무엇보다 웹소설 연재는 엄청난 시간을 장시간 소비해야 하는 작업이므로 두 영역을 오가며 활동하기가 쉽지는 않다. 물론 순문학을 웹소설 플랫폼에 연재할 수는 있겠지만, 그것은 순순한 의미에서의 병행이라고 보기는 힘들다. 웹소설은 사실상 독자들의 반응에 지속적으로 신경을 써야 하므로 연재 기간 동안에는 오롯이 웹소설 작품에 매달릴 수밖에 없는 구조이다. 이러한 연재 방식 때문에 웹소설과 순문학을 만약 병행하게 된다면 아무래도 순문학을 '틈틈이' 하는 방식이 될 것이다. 장편소설은 시간이 많이 걸리므로 단편소설 위주로 작업하게 된다. 이런 병행 사례에 해당하는 작가의 목소리를 들어보자.

"많은 분들이 제가 웹소설을 쓰다가 문단 문학에 도전한 줄 아시더라고요. 사실 저는 문단 문학을 먼저 시작했어요. 문예지 신인상, 신춘문예 최종심 문턱에서 고배를 마시다가 웹소설을 쓰기 시작했습니다. 웹소설이 '핫'하다고 해서요. 솔직히 글을 써서 돈을 벌고 싶었어요. 10년 넘도록 소설가 지망생으로 살다 보니 몸도 마음도 지쳤거든요. 첫 웹소설 『세자빈의 발칙한 비밀』이 〈카카오페이지×동아 공모전〉에서 수상하면서 데뷔했습니다. 카카오페이지 '기다리면 무료' 런칭하고, 반응이 좋아서 웹툰으로도 만들어졌으니 운이 좋았지요. 웹소설을 발표하면서 순문학도 꾸준히 썼습니다. 신춘문예 당선되었을 때 진짜 행복했어요. 오랜 꿈을 이룬 거니까요. 등단 소식을 전한 문화부 기자님이 직업을 물었을 때, "웹소설 작가입니다"라고 당당히 대답했습니다. 웹소설 전업 작가란 게 자랑스러워요. 글을 써서 먹고산다는 게 아무나 할 수 있는 일은 아니잖아요? 웹소설과 문단 문학의 호흡이 다르기에 두 가지를 병행하는 게 쉽지 않지만, 앞으로도 꾸준히 이야기를 생산하려고 합니다."[3]

『웹소설 써서 먹고삽니다』의 정무늬 작가와의 인터뷰였다.

3　　권영미, 「[기자가 도전한다] ①박수정 작가와 함께 로맨스 웹소설 써보기」, 뉴스 1, (2017.01.06)

3. 웹소설 제목 짓기

웹소설뿐 아니라 순문학, 장르문학 할 것 없이 '제목'은 중요하다. 하지만 독자들의 유입을 신경 쓰는 면에서는 웹소설이 다른 문학 영역보다 훨씬 더 강하므로 제목 또한 아무래도 자극적인 경우가 많다.

'오피스 누나 이야기'는 어떻게 제목으로 독자를 확 끌었을까. 로맨스 웹소설 작법을 강의하는 제리안 작가는 "웹소설 제목은 소설의 장르와 소재를 한눈에 보여주면서도 요즘 트렌드를 동시에 반영해야 한다"면서 "'오피스 누나 이야기'라는 제목은 사내 연애를 암시하면서도 연상연하라는 트렌드가 들어가 있어 잘 지은 제목이라 할 수 있다"고 했다. 웹소설 작법 수업에서도 제목 짓는 법을 따로 가르친다. 웹소설 플랫폼에 게재되는 수많은 작품 중 눈에 잘 띄어야 독자의 선택을 받을 수 있기 때문이다. 이융희 청강문화산업대 웹소설 창작 전공 교수는 "웹소설의 제목은 로그라인(한 문장으로 요약된 줄거리)이자 독자의 욕망과 기대를 반영한 카피라이팅 문구"라고 했다. "독자는 제목만 보고 어떤 이야기가 펼쳐질지 예상하기 때문에, 그에 맞게 기대를 충족시켜줘야 합니다. 예를 들어 '나 혼자만 레벨업!'이라는 제목이면 레벨업을 통해 성장하는 게임 판타지겠구나, '천재 타자가 강속구를 숨김'이라면 강속구 능력을 어떻게 사용할까 하는 기대감을 갖고 클릭하죠." 로맨스 웹소설 작가이자 장르 소설 연구자인 손진원 씨는 제목을 잘 지은 웹소설의 또 다른 예로 『내 남편과 결혼해줘』와 『재혼황후』를 들었다.

4. 대우받는 글쓰기로서의 웹소설

순문학은 고상하고 지적인 고급 문학이지만, 장르문학이나 웹소설은 그렇지 못하고 저급하다는 인식이 최근에는 많이 옅어졌다. 물론 이런 인식이 완전히 없어진 것은 아니다. 그러나 산업 측면에서는 확실히 인식이 달라졌다.

킬링타임용이지만 과거 장르문학처럼 'B급' 취급을 받지 않는다. 최근 열린 한국 최대 책 축제 서울국제도서전에서는 최초로 웹소설 특별전과 세미나를 개최해 비중 있게 조망했다. 민음사의 '브릿G' 등 기성 출판사들도 앞다퉈 웹소설 브랜드를 만들고 있다. B급이 A급 영향력을 가진 시장으로 커진 건 자생적인 창작과 소비 생태계를 구축한 인프라의 힘이다. 신문사의 신춘문예, 문예지의 신인상이나 단편소설 공모전 등을 통한 등단 절차 없이, 소액결제 시스템을 통해 작가와 독자의 직거래 플랫폼이 열린 것이다. 김준현 서울사이버대 웹문예창작학과 교수는 "기존 장르문학과 근본적 차이는 창작과 출판의 거리가 사라진 것"이라며 "PC통신 문학이나 인터넷 소설처럼 종이책 출판이 최종 목표가 아니라, 웹소설 자체에 판매 시스템이 갖춰지면서 출판사의 게이트키핑 역할이 축소됐다. 작가가 스스로 데뷔해 활동할 수 있는 장이 열리니 본격 소설을 추구하는 작가들도 등장하고 있다. 실질적인 등용문이 웹으로 옮겨간 셈"이라고 진단했다. 스스로가 무협 소설 작가인 김환철 대표도 "나도 81년에 책으로 데뷔했지만 이제 책으로 만들어지는 시대는 저물고 연재의 시대가 왔다"며 "과거에도 신문 연재소설이 있었지만, 불특정 다수가 이용하는 웹 플랫폼을 통해 시장이 비약적으로 커졌다. 경제 활동과 동떨어져 있던 작가라는 직업이 이제 돈을 많이 번다는 인식이 생기면서 선순환이 시작됐다"고 풀이했다.[4]

---

4 유주현, 「'절단신공'과 소액 결제의 결합…웹소설, K콘텐트 보물창고로 떴다」, 중앙일보. (2021.09.25.) https://www.joongang.co.kr/article/25009460

5. 나오며

이상으로 웹소설 고유의 작법에 관해 살펴보았다. 웹소설 작법에 대한 이해는 실제 웹소설을 잘 쓰기 위한 것도 있겠지만, 연구 측면에서는 웹소설을 좀 더 잘 이해할 수 있는 방편이 되기도 한다.

특히, 연속극 형태의 드라마에서나 보던 회차별 스토리 끊기가 웹소설에서는 '절단신공'과 같은 별도의 용어로 등장할 만큼 중요성이 더해졌다는 사실은 지극히 소비자 지향적인 웹소설의 본질을 가감 없이 드러내는 지점이라고도 볼 수 있다.

참고문헌

북마녀, 『억대 연봉 부르는 웹소설 작가수업』, 허들링북스, 2021.

산경, 『실패하지 않는 웹소설 연재의 기술』, 위즈덤하우스, 2019.

이하, 『나도 웹소설 한번 써볼까?』, 교보문고, 2021.

정무늬, 『웹소설 써서 먹고삽니다』, 길벗, 2021.

진문, 『밀리언 뷰 웹소설 비밀코드』, 블랙피쉬, 2021.

권영미, 「[기자가 도전한다] ①박수정 작가와 함께 로맨스 웹소설 써보기」, 뉴스
1. (2017.01.06.) https://www.news1.kr/articles/?2877924

백수진, 「'오피스 누나'는 어떻게 남성들을 확 끌었나」, 조선일보. (2021.11.13.) 조선
일보 https://www.chosun.com/national/weekend/2021/11/13

서정원, 「"웹소설은 '사이다'…비련의 주인공 안통해요"」, 매일경제. (2021.
03.07.)
매일경제 https://www.mk.co.kr/news/culture/view/2021/03/218166/

유주현, 「'절단신공'과 소액 결제의 결합…웹소설, K콘텐트 보물창고로 떴다」,
중앙일보. (2021.09.25.) 중앙일보 중앙SUNDAY https://www.joongang.
co.kr/article/25009460

제리안, 「입문자를 위한 웹소설 쓰기의 웨이 포인트」. (2018. 06. 05.)

채널예스 http://ch.yes24.com/Article/View/36142

황수현, 「작가의 꿈을 찾아서…웹소설 지망생 몰린다」, 한국일보. (2016.09.29.)

한국일보 https://www.hankookilbo.com/News/Read/201609290467908005

발간사

한류총서를 발간하며

한류가 어떤 가치와 표현을 지향하는지를 묻는 이가 있다면 우리는 백남준의 미디어아트 「다다익선」(1988)을 상기시키고 싶다. 이 작품은 한국의 개천절을 상징하는 1003개의 텔레비전과 모니터들을 쌓아 올려 한국의 전통 건축물인 13층 나선형 불탑 모양으로 조형한 영상탑이다. 백남준의 예술생애에서 가장 웅장한 작품이라고 할 만한 높이 18.5m에 이르는 「다다익선」은 서울올림픽 개막 이틀 전인 1988년 9월 15일 처음 공개되었다. 벌써 35년 전에 제작된 노후한 작품이기에 2003년 낡은 텔레비전 모니터를 삼성전자 제품으로 전면 교체하는 수술을 받았고, 2018년에는 누전 상태로 폭발 위험까지 있다는 한국전기안전공사의 검진 결과로 인해 3년간의 대수술을 받았다. 중고 모니터와 부품을 수거하여 이미 단종된 737대의 모니터를 수리하고 교체하였으며, 손상이 많은 브라운관 266대는 새로운 평면 디스

플레이(LCD) 투사 방식의 제품으로 교체하였다. 과열을 방지하는 냉각설비를 갖추고 「다다익선」에서 상영되는 8개 영상들은 디지털방식으로 변환해 복구하였다.

2022년 「다다익선」 재가동을 기념한 퍼포먼스 현장에서는 백의민족을 상징하는 흰옷을 입은 춤꾼들이 영상탑을 휘돌며 탑돌이 퍼포먼스를 했다. 한국의 전통 건축물과 동서양의 건축과 사람들이 출몰하는 영상들은 탑의 형상을 한 모니터 안에서 제각기 흩어지다 모이는 듯 어우러지며, 신성한 문자나 색색의 도형들이 우주의 심연으로 스며드는 듯한 신비감을 연출한다. 마치 우주와 인간, 정신과 물질의 모든 측면을 음양오행으로 압축하여 생각하고 느끼는 한국인의 정서가 크고 작은 첨단의 큐브형 조형물에서 스며 나오는 듯하니 놀라운 일이다.

「다다익선」은 국수 한 그릇도 자연원리를 함축한 음양오행에 따라 오색고명을 올리는 한국인의 감각을 전달한다. 텔레비전 브라운관이 다섯 가지 기본색의 색점으로 모든 것을 조합해 표현하듯, 한국인들은 보자기의 배색과 형태 분할에도 몬드리안의 추상화의 기법을 숨겨 놓았다. 사람에게 체질이 있듯 형태와 방위와 시간에도 특질과 빛깔이 있다. 한국인은 동쪽의 청색, 남쪽의 적색, 서쪽의 백색, 북쪽의 흑색, 중앙의 황색 등 5가지 근본색을 오방색으로 규정했다. 삶의 모든 아름다움을 표현하기 위

해 치자, 쪽물, 소목 등 자연의 모든 것을 활용해 간색을 만들어
내기도 했다. 화려하고 웅장한 궁궐 단청에도, 자그만 노리개 하
나에도 올망졸망 오색이 어우러진 정교한 프랙털(fractal)의 색채
감각을 즐겨 사용하였다. 한국인들은 그 어떤 음식을 만들건 누
구의 집을 짓건, 세상의 이치가 녹아 있는 오방색을 프랙털의 원
리처럼 사용했다. 큰 것 밖에는 무한히 더 큰 것이 가능함을 알기
에 오만함을 경계했다. 작은 것 안에는 더 작은 것이 포개져 있음
을 알기에 연민을 갸륵하게 여겼다. 한국인들의 문화와 예술에
서 색깔은 단순한 빛깔이 아니라 더 깊은 의미를 담고 있다. 그것
은 방위와 계절을 함축하고 나아가 종교적이며 우주적인 철학을
담고 있기도 해서, 한국인들은 오방색을 예술가의 미의식과 용
도와 분수에 맞게 사용하였다.

아이에게 입히는 배냇저고리 하나에도 의미를 입히는 한국인
의 심성과 문화를 아는 이들이라면, 〈오징어 게임〉에서 가장 먼
저 확 눈에 뜨이는 색채의 프랙털을 놓치지는 않았을 것이다. 그
것이 대량생산된 복제품들을 '다다익선'마냥 쏟아내는 자본주의
에 대한 비판이나 빈자들의 이야기가 아님도 살폈을 것이다. 감
시인의 붉은 복장이 왜 벽사의 빛깔인지, 왜 빈자들의 추리닝은
황색과 청색의 간색인 초록이어야 하는지도 눈치챘을 것이다.
한국인에게 예술은 곧 사람이고, 사람은 천지를 환히 보여 주는

텔레비전이고 희로애락에 감응하는 신령한 매질이었다. 인간이 하늘이고 하늘은 지상에 포개져 있었다. 마치 백남준이 영상탑으로 감추는 듯 드러내던 인내천(人乃天)의 심의처럼 말이다

'한류총서' 1차로 발간되는 몇 권의 책들은, 저자마다 각기 다른 장르 영역에서 한류의 현황을 점검하고 한국인들에게는 자연스러운 표현과 이야기들이 왜 '한류'라고 불리고 한국적인 것이라고 느껴지는지, 도대체 한류는 무엇인가를 질문하듯 탐색해 가고 있다. 시대가 필요로 하는 인문학의 가장 소중한 동반자가 되어 온 젊은 출판사 역락의 '한류총서'가 독자에게 행복하게 다가갈 수 있기를 소망한다.

기획위원
오형엽(한국문학평론가협회 회장, 문학평론가, 고려대학교 교수)
허혜정(문화평론가, 콘텐츠 기획자, 숭실사이버대학교 교수)
이공희(영화감독, 아시아인스티튜트 미디어아트센터장)

최준란

한국외국어대학교 문화콘텐츠학과 겸임교수.

문화콘텐츠학 박사.

홍대앞 출판사에서 오랫동안 근무하면서 홍대앞의 지역적 특성과 책문화공간에 관심을 갖고 『비산업적 문화콘텐츠로서 도시재생 연구: '홍대앞' 책문화공간을 중심으로』라는 주제로 박사학위를 받았다.

「대만과 한국의 웹출판 비교 연구: 웹소설과 웹문학을 중심으로」라는 글을 시작으로 웹문학에 관심을 키웠으며, 출판-서점-도서관을 연결하는 연구에 큰 흥미를 가지고 있다. 한편 지역의 문화적 특성에 기반을 둔 콘텐츠를 개발하고 활용하여 도시재생 측면에서 어떤 효용성을 가져올 수 있을지에 대한 연구로 학문적 관심을 넓혀가고 있다.

저서로는 『책문화공간과 도시재생』, 『지역서점의 미래』(공저) 등이 있으며, 논문으로 「이태원 책문화공간과 트랜스아이덴티티 연구」, 「진보초 서점거리의 지속 요인 연구」 등이 있다.

한류총서

바야흐로 웹소설의 시대다

초판1쇄 인쇄 2024년 9월 25일
초판1쇄 발행 2024년 10월 10일

지은이　　최준란
펴낸이　　이대현
편집　　　이태곤 권분옥 임애정 강윤경
디자인　　안혜진 최선주 강보민
마케팅　　박태훈

펴낸곳　　도서출판 역락
출판등록　1999년 4월 19일 제303-2002-000014호
주소　　　서울시 서초구 동광로 46길 6-6 문창빌딩 2층 (우06589)
전화　　　02-3409-2060
팩스　　　02-3409-2059
홈페이지　www.youkrackbooks.com
이메일　　youkrack@hanmail.net

ISBN　　　979-11-6244-636-9 94800
　　　　　979-11-6244-631-4 94080(세트)

정가는 뒤표지에 있습니다.
잘못된 책은 바꿔드립니다.